おじいちゃんの軽トラ

ヤマカワ ユウ

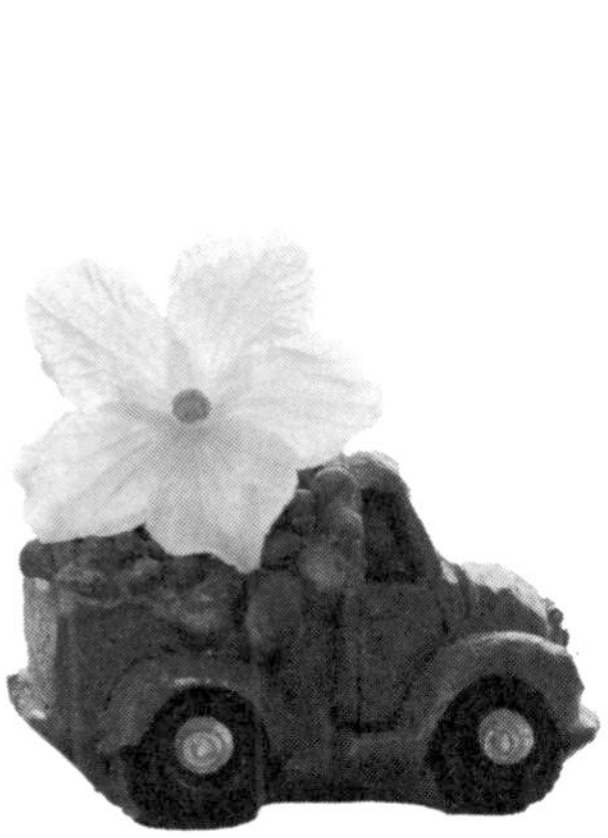

文芸社

目次　「おじいちゃんの軽トラ」

①おじいちゃんの軽トラ

長女は、一昨年《おととし》の秋からパートで、彼女の自宅から近い保育園で給食を担当する事になった。

そこで孫の世話をどうするかが問題になった。

幸い娘は、隣町に新居を構《かま》えてくれた点と、婿殿の実家が同じ市内であったという事で、両家で半々に見る事になって、今に至《いた》っている。

年が明け、大好きな春が巡《めぐ》ってきた。満開の桜に祝福されるようにして上の孫娘は幼稚園に行く事になり、世話をするのは下の男の子1人となった。

私達の1日は、朝の8時に長女の家に車で行き、この子を預かり、こちらの家で午後2時くらいまで家内と2人で対応。

長女の仕事は、午前9時から午後の1時まで。仕事が終わってから幼稚園に行き、3歳の孫娘と合流。その足で我が家に息子を迎えに来るのがルーティーンとなっている。

このボランティアは、本年の10月で終了する予定となっている。

上の子がお世話になっている幼稚園は3歳から入れるとの事で、11月に3歳になる下の男の子は、早々《はやばや》と入園の手続が完了しているとの事。

この子は、兎《と》に角《かく》乗り物が好きで、電車、車、飛行機には目が無い。

幸いにもJRの常磐線、成田空港、そして小型機の飛行場が2つ、これら全てが近くにあるのでとても助かっている。

下の子が少しずつ言葉を覚え始めて、面白《おもしろ》くなって来た頃に、スーパーの玩具《おもちゃ》売場に行った時の事。何かミニカーを1つと思い、数ある車の中から1つ選んでもらう事にして、家内とじっと後《うし》ろから見ていると、彼はなんと白の軽トラを手にしたのだ。

それは、正《まさ》しく、平成24年の5月に新しくした、私の白の軽トラだった。

3人での移動は、家内のスカイブルーのハッチバック。後ろの右側にチャイルドシートを装着している。我々夫婦が住むこの町は、田舎そのもので田んぼが多い。3人で移動していると必ずと言っていい程、白の軽トラに遭遇《そうぐう》する。

その度《たび》に、2歳の彼は、

「おじいちゃんの軽トラがあった！」

と、ゴミ集収車や幼稚園バス、工事中のショベルカーを見つけた時と同じくらいに嬉しそうにしている。

まだ、正職員として働いていた頃、非番等の平日に、大好きな川遊びや山歩きに行っても、この軽トラは、本当に地元の人達にすっと解《と》け込んでしまう不思議な力を持っていた。フルタイムではないもののボタン1つで四駆になるので、悪路や細い山道も心強い。因《ちな》みに私は、残っていた別のハッチバックの14インチのホイールとタイヤを装着している。

車は今までいろんなタイプを愛車としてきたが、やはり一番は、白の軽トラといつも思っている。私はフリーとなって3年目に入ったが、春の自動車税の4千円は本当に有《あ》り難《がた》い。そして、燃費も安全運転で走行していればリッターあたり16〜17㎞の数値も出る様になってきた。

近い将来、年金のみとなったら、この軽トラをよそ行き用にして、自分は赤色の125ccの小型バイクで十分だし、3枚の田んぼの水の量を蛇口等で調整する仕事の「水回り《みずまわ》」は、子供達が中学や高校の通学に使用していた古い自転車があるのでそれを利用したいと思っている。

②母との約束

50年以上も前になるが、両親は念願のマイホームを母の実家の近くに建てる事が出来た。もともと畑だった土地を地元の人から譲《ゆず》ってもらった所《ところ》だったので、家庭菜園はその年から楽しむ事が出来た。

よく釣りに行っていた近くの沢の水は、家の後ろの県道のバイパスに面した用水路にも流れていた。私達は2人兄弟だったが、母はよく、

「女の子が1人欲しかった」

と、言っていた。

3つ上の兄と始めたのが池作りだった。小学生の頃、休みの日を利用して地面を掘り、仕上げは地元の左官の人達がブロックとセメントを施《ほどこ》してくれて、小さいながらも十分な物になった。

近くの里山の中腹で木の苗を育てる仕事をしていた母は、夕方5時に仕事が終《お》わる

と歩いて里に下《お》りて来た。そして毎日の様に、その池の縁《ふち》に座《すわ》って少し休んでから、父から貰《もら》った1枚の畑に向《む》かうのが日課となっていった。

池の中は、私がよく行っていた近くの小さな沼で釣った鮒《ふな》や、子供の小遣《こづか》いで買ってきた小さな錦鯉、貰った黒い鯉、それと勝手《かって》に住みついた子魚達はすくすくと大きくなっていった。

母は長女だったので、30歳近くまで家の為に働《はたら》いていた。

8人いる兄弟の中でも一番下の妹の事は、自分の子供みたいに面倒を見ながら、幾《いく》つかの縁談を断《ことわ》っていた事を教えてもらっている。

私は、母の為にも、後々《のちのち》地元に帰ってこられると思っていた公務員の道に、1浪はしたが漸《ようや》く進む事が出来て、念願だった東京での生活が始まった。電気の方面を学んで東京で仕事をしていた兄は、千葉の人と所帯《しょたい》を持つ事になった。しかし、Uターンを考えていた私に、

「次男の転勤は難しいからなー」

という上司の言葉が、刺《さ》さってしまった。

それから間も無く、仕事の研修で八王子へ。

これは2泊3日の合宿の形だったので、私は3日間の食費が浮くからこれはいいと思って参加していた。

これはよく覚えている。

ここで知り合った女性が今の家内。

彼女と上野で式を挙《あ》げたのが、昭和59年の3月25日。

その前年の7月6日が、我々2人にとって初めての出逢いの日となった。

彼女は、参加予定の女性に用事が出来てしまい、シブシブ来ていたとの事。

この時私は24歳の遊び盛り。彼女の住む村のテニスコートの料金がとても安かったので、逢う約束をした。その日は、同じ学生アパートに住んでいた友人と2人で茨城に車で行った。彼女は一番仲のいい同級生の○○ちゃんと待っていてくれた。

彼女の仕事先は北千住。私のアパートがその駅から1つ目という事もあり、自然と付き合いが始まった。

彼女には、7つ下の妹がいたが、自分で家を継《つ》ぐ決意は完全だった。

私の両親はこの話には猛反対だった。父は、

「そんな、バカな話はないだろう」

少ししてから母は、

「なんとか、妹さんに跡を取ってもらえないのかい？」

「それは無理みたいだよ」

私が、結婚相手を彼女に決めた時点で、自分の人生計画は崩壊《ほうかい》してしまった。

何年かして、母との話で相続の事が出て来た時、私は、

「親の面倒を看《み》れないんだから、座布団1枚、池の鯉1匹要《い》らない」

そう言ってしまった。


私は、後々は1人で仕事をしたいといつも思っていて、それも立場の弱い人を助けたいと思っていた。

今思うと、なんとも恥《はず》かしいけれど、結婚してからの20代後半は、本気で司法試験を考えていた。

その頃、同級生は大抵《たいてい》実家の方に夏帰るのに、私は法学部のスクーリングでずっと行けなかった。

母はそんな私に、

「婿に行ったって、帰って来ていいんだよ。そんで、これは、今の内に渡しておくね。とうちゃんと2人で、少しずつ貯《た》めておいたんだよ。そっちのなんだかの事務所を作る時に、少《すく》ないけど、足《た》しにして欲しいんだよ」

と言ってから、郵便局の通帳を出してくれた。

人様より多くの年月《ねんげつ》を経《へ》て、漸《ようや》く1次免除の単位と共にチャレンジのスタートラインに立てた後《のち》に、庭に未来の事務所を作る事になった。

地元の1級技能士でもある大工さんと何度も話をして、6畳の和風の建物となった。

生れて初《はじ》めてのエアコン、新品の畳、杉の香り――どれをとっても、新鮮な空気に包《つつ》まれていた。

母からの100万と自分の100万で完成したこの城を、母は見る事無く天国に旅立ってしまった。

生前の母の仕事で、何かの散布があり、仲間と同じ時間にも拘《かか》わらず、一人だけ体調を崩《くず》す事があった。

その仕事があった日は、上司の指示で、当日のお酒類は不可で、湯船に入るのも禁止されていた。

そして母は、勤続20年達成の直前に、退職を余儀なくする事になってしまった。

母は末期の膵臓《すいぞう》ガンだった。

母を松戸の病院が受け入れてくれた。

その病院の相部屋で話をしたのが、最後となってしまった。

「○○に帰《かえ》りたい」

「大丈夫だよ、帰れっから」

「なんとか、人間の体に影響が、ある物が」

「あるかもしれない事を」

「明らかにして欲しい」

「うん、分《わ》かったよ」

同居していた義母の介護が、だんだん大変になって来た55歳の時、家内の負担を減

らしたいのと、

「ずっとこの家にいたい」

というおばあちゃんの希望を大切にしたかったので、早期退職制度を利用する事にした。

チームを纏《まと》めていた同僚は、

「○○さんは、どっか悪い所あるわけじゃないよね」

「そんなの、施設へ入れっちまえばいいじゃん」

もう少し、私を続けさせたかった様だった。

でも、自分にとって、5年目の新しいチームの中で、戦力外なのも十分、分《わ》かっていた。

2月、3月と年休消化の為、数える程の出勤を経《へ》て職場を去る事になった。

その頃、今まで夢に出てきてくれても話す事が無かった母が、初めて夢の中で、はっきりと私に向って、

「もう、好きな事をしていいよ」

と言ってくれた。

②母との約束

まだ、元気だった頃の母との約束は、

「悪い事はしない。働くのを嫌《いや》にならない」

だった。

③小さな命

先月、近所の人から貰ったメダカは、黒、薄い赤、銀色っぽい白の計200匹。

3年目、2年目、そして昨年の夏に生まれた子供の3世代の大家族。

9月に出産予定の姪が遊びに来た時、畑の野菜と共に5匹のメダカと布袋葵《ほていあおい》の小さいのをペットボトルに入れて帰って行った。

暫《しばら》くして、彼女から、

「子供が生まれた」

と、家内のスマホに連絡が入った。

私は、彼女が予定日より少し早く第1子を授《さず》かったのかと思っていたら、なんとメダカの子が生まれたとの事。

その頃、私はホームセンターで1株130円の布袋葵を買って来て入れる事に。

今までメダカと一緒だった水草は、丸い翡翠《ひすい》の陶器へ。

新しい草は、メダカの入っている、土佐の茗荷《みょうが》が入っていた発泡スチロールの箱へ入れた。

何日かして、何気無《なにげな》く陶器の中を覗《のぞ》いてみると、何か小さな動きがあった。小さな黒っぽいのが、確かに動いている。水中生物かなと思いつつ見ていると、その黒い点には糸屑《いとくず》より短くて細いのが付いている。

その生命体は、姪の報告してくれた赤ちゃんと同じ家族なのだと思った。きっと卵は、水草の根に付いていたと思う。

卵や稚魚は、食べられてしまう事もあると聞いている。入れ物の水はそのままにしておいたので、運良く生き延びられたのだろう。

8月14日に第1子。その後も1回。そして9月に入っても新しい命が生まれて、なんと3兄弟となって、元気良く楽しそうに動き回っている。

退職するあたりの5年間、番《つが》いの鶉《うずら》を大切にしていた時も、数多くの新しい小さな命との出逢いがあった。

この時は、いろんな失敗をして、大変だったが最高の思い出となっている。

④私にとって10分が一番

昨年の4月から、家内と2人で早朝の散歩を始めた。

そのあたりから、NHKEテレで6時25分から放送している、10分間の「みんなの体操」とラジオ体操第1と第2のコラボの「テレビ体操」を家内がやり始めた。

家の近くを1時間程、のんびり2人での散策《さんさく》は、いつのまにか自然消滅してしまったが、この体操は今も続いている。

家内が、あまりに毎日きちんとやっているので、自分も見る様になっていった。

司会の方とピアノ1台、若い女性が5人。みんなの名前も頭に入ってきた頃、私も8畳の茶の間でやる様になっていった。

体操のお姉さんが1人卒業したり、秋には体操のお兄さんが3人メンバーに加《くわ》わり、ピアノのお兄さんも1人増えた。

数年前に縁が出来たゴルフ。

茨城はゴルフ場も多いとの事。練習も隣町に行っていた。

しかし、コロナの発生。

孫のお守《も》りを大切な仕事と考えていたので、外食や旅行と同じく「打ちっぱなし」も休む事にした。

天下一品《てんかいっぴん》の体の固さに拍車《はくしゃ》がかかっていたが、この素的《すてき》な10分は、私に生きる喜びを日々与えてくれている。

２０２１年、ＮＨＫのラジオ第2放送で、朝6時45分から聞いていた「ラジオ英会話」。その中で、Ｅテレの新番組として、9月27日の月曜日から「大西泰斗《ひろと》の英会話☆定番レシピ」なる物が始まる事を知った。

テレビの画面での講義は、若い時、3年次編入で放送大学の教養学部「生活と福祉専攻」の時のシーンが蘇《よみがえ》った。

田畑の仕事も一段落した時に、やはり隣町の本屋さんでテキストを手に入れた。

その後は、ＮＨＫ出版から郵送して頂《いただ》いていたが、これは大変便利で有り難かったと今も思っている。

ノートサイズのこのテキストは、字が大きくていつもの虫眼鏡《むしめがね》が要《い》らないのが、本当に助かった。

孫のお守《も》りをしている時も、午前の10時15分から10分は、見させてもらう事にしていた。

1回1回の番組の中で、いろんな人が担当していたミニドラマは、3月まで続いたが、なんともこれが良かった。

4月からは、文法講座にリニューアルとなり、朝は約1時間遅くなったので、家内と孫と3人で、公園等で遊んで来ても、安心して見られる様になった。

今までのメンバーのクリス・マッコームスさん、サフィヤさんと共に新しく、天野《あまの》ひろゆきさん、MEGUMI《めぐみ》さんが生徒役で加わり、本当に明るく楽しい番組となっている。

やっぱり、私にとって、10分が一番いいのかもしれない。

⑤卯《う》の日は休み

今日、10月5日は、十二支の第4のうさぎで卯の日。

我々2人は、月に2～3回巡《めぐ》って来るこの日を農家の休日と決めて、自分の時間として大切な1日にしている。

家内の考えを大切にして、少なくともこの日は種を蒔《ま》いたり、苗を植えたりしない事にしている。

なんでも、この日は「うさぎ」が悪さをする心配があると、家内はどこかで聞いたのを信じている。

2人で田畑を守っている様な小さな所でも、きちんと休みの日を設定しないと、365日無休となってしまう。

フリーになって3年目だけれど、生活にメリハリをつけたいと思っていて、会社人間を卒業した時から、ずっと守っている。

今日は、孫のお守《も》りの仕事も無く、気分的にもゆったりした空気が流れている。
それでも、自分は貧乏性なのか、かなりの雨でも無い限り、外の仕事というより庭遊びをしてしまう。

この日は、家の町道側に面する垣根の手入れをする。

これは植木なのだが、娘は木《き》の壁《かべ》と名付けている。

いつも、意外に切った枝や葉が多く出る。これらは軽トラに積んで畑に持って行って、後々乾《のちのちかわ》いたら、いつでも移動出来る様に、ブロックを重《かさ》ねただけの焼却炉で焼き畑にしている。

雑草対策も考えて、それが多い所に設置している。

この1枚の畑は、人家から離れている上に接しているよその田んぼも畑も、今はなんの手も入っていないので安心。

小さな畑が2枚だけなのだから、奇麗《きれい》にしておけばいいのだが、彼ら（雑草）との戦いに勝った事は一度も無い。

無法地帯と化したこの畑の場合は、作付けする所を刈り払い機で草を無くす事から始まる。私は、これを「草刈り機」と呼んでいる。ここずっと、小さなホンダのガソリンエンジンを利用している。とても音が静かな点と混合を作る手間が省《はぶ》けるので、私にはピッタシ。

次の出番は「こまめ」。

草が無くなった土だけのフィールドは、小さい彼でも十分いい仕事をしてくれる。

この「チビすけ」は、いつも軽トラの荷台に載せている。私にとって最高の相棒となっている。

⑥いろんな花との暮らし

11月に入ると、朝晩はぐっと寒く感じる日が多くなり、石油ストーブでお湯を沸かし湯タンポを入れる日が多くなっている。

自分の読み書きの部屋は、前に娘が使っていたもので、県道側に面している。間《あいだ》は、猫の額《ひたい》くらいのスペースだが、私の鉢植えを置いている。

家の地《じ》植えはいけないと、家内の父も言っていた枇杷《びわ》の木。東京に出るまで、この木やその実も見た事がなかった。

初めてスーパーで買った6個の宝石。暖かくて優《やさ》しい橙色《だいだいいろ》、柔らかな丸み……。

なんとかこれを自分で育ててみたいと思って、この時の種からスタートしている。

その長崎産の子孫は、今年もまた沢山《たくさん》の蕾《つぼみ》を付け、今綻《ほころ》び始めている。

早い鉢の子は小さな白い花を見せてくれている。

新しい年を迎えるあたりから、山茶花《さざんか》の品のある優しい赤。

新年になっての白梅、情熱的な椿。早咲きの桜や可憐《かれん》な雪柳。
小さな紫色の花を楽しませてくれる通草《あけび》も出番を忘れてはいない。
新年度の４月に入ってからは、元気いっぱいの山吹。
小さな庭だけれど、いろんな仲間が季節を教えてくれる。
庭の草花《くさばな》も畑の野菜の花も、大切に見守りたいといつも思っている。

⑦県民の日との事

今日11月13日は茨城県民の日。

昭和43年に、県の条例によって定《さだ》められたとの事。

この地で生活する事になって最初の頃、平日《へいじつ》なのに近所で子供達の元気な声がする。

きっと、運動会が日曜日にあって、その代休なのかなあと思いつつ隣町へ。

その頃の自分の仕事には日曜出勤や、非番も入り、平日の休みもそれなりに多かった。

家内の両親は、車の免許が無かったので、私がスーパーに行く事もあった。

その日、本屋さんにも小学生の姿があった。

夜、都内の仕事から帰ってきた家内にその話をすると、なんと県民の日は学校が休みだと言う。

今年は日曜日なので子供達は少し残念だったかもしれない。

⑦県民の日との事

この頃、新しい土地の生活に馴染《なじ》めず、憔悴《しょうすい》しきっていた時があった。

その当時、家内は、ここでの私との生活は無理だと思っていたと後《のち》に教えてくれた。

その時、家内の妹は、まだ高校生だった。

彼女は彼女なりに、私を助けてくれていた。

日帰りのスキーに2人で行った事もある。

学校まで自転車通学だった彼女。

ある雨の日、

「ねえー、いい？」と一言。

福島ナンバーのクーペの出番となった。

私にとって初めての新車は、小さい子供が落ちない様にと思ってツードアと決めていた。

その車は、N社のコンパクトカーM。

丸みのある今の感じでなく、直線的なフォルムというかラインだった。

当時、1000ccだった様に思う。グレードとしてはターボ車もあったが、その1つ下のGのスタイルがとても気に入って、大切に乗っていた。納車が待ち遠しくて、カタログの写真を免許証のケースに入れて、毎日の様に見ていた。

この「黒のM」の来る日、家内は仕事。初めての助手席が彼女だった。

家内と同じく23歳で、式場も同じ上野で式を挙《あ》げた。

彼女は2人の娘に恵まれ、今孫も3人。最高の人生を歩《あゆ》んでいる。

大切にしている本の1つに、木村藤子さんの『「気づき」の幸せ』（小学館）がある。

自分は60年近く、人間としてきちんと生きてこなかったと思える様になってきた。

今思えば、いろんな失敗や苦しみは、全てにおいて、自分に問題があった訳で、63歳で漸《ようや》く気づいている。

妹や親戚の人達、そして近所の人達の温《あたた》かい心が、私の立《た》ち直《なお》りに限り無い力を与えてくれたと思っている。

これからは、自分の出来る、恩返しの人生にしなくてはと強く思っている。

⑧役に立った親切

11年間の東京での仕事先には、大使館や一流有名ホテル、テレビ局等があって、外国人も少なくなかった。

都内では名前を知らない人はいないくらいのビルもあった。

そのビルの1階か2階だった様な気がするが、外国人ばかりが来るクリニックがあった。長い名前だったが、今でも忘れていない。○○大使館の受付の若い2人の女性は、第2外国語のレベルが高く、いつもキチンとした対応をしていた。豊かな人間性も見えて、本当に輝《かがや》いていて魅力的だった。

同じく、クリニックの2人の女性。

ネイティブそのものの外国語。

1人は、明《あき》らかに同胞だった。

簡単な仕事での時間が、何度かあった。

「今日は、少し遅くなってしまいました」

彼女はお茶目《ちゃめ》な少女の様な目をして、

「大きな木の下で、休んできたんでしょう」

と言う。

確かに、夏の頃だったと思う。

次の仕事先に向かう途中、何人かの大人が、5歳くらいの男の子を取り囲《かこ》んでいる。

近づくと、その数人は、あっという間にその子から去って行った。

男の子は、今度私に近づいて、何度も「〇〇〇〇」と同じ事を、少し声を大きくして言っている。

仕方無《しかたな》く、腰を落《お》として、彼の言葉を耳に入れてみる。

少し長いが、英語の様だ。

ゆっくり話してもらうと、直《す》ぐに分《わ》かった。

彼は、多分両親か誰《だれ》かのいる先《さっき》のクリニックに行きたかったのだった。

「あそこにある、茶色のビルだよ」

私がそう指さすと、少し驚いた顔になったが、ニコリとして、小走《こばし》りで向《む》かって行った。

そして40年。

今日は、午前2時12分に、うまく床を出られた。

いつも夕食は5時からで、大好きな秋田の日本酒を2合楽しんでいる。

あっという間に私は火燵《こたつ》で熟睡。

家内は録画していた番組やその時間帯のテレビを見ている。

日付が変わる前に、ほぼ同じ時間に入浴して布団に入るが、私は十分な睡眠を得ているので、大抵《たいてい》午前3時くらいには目が覚《さ》めてしまう。

いつも1枚の布団に2人で寝ているが、分かってしまうと、半強制的に戻《もど》されてしまう。

やはり、早朝だと邪魔されないので、書きやすい。

電気代の節約もあって日中も茶の間のテーブルが多い。

寝室は、その襖《ふすま》の向こうなので、テレビは音をゼロか1にしている。

字幕もセットしている。

今午前4時半。このころにTBSのニュース等の番組を見ている。天気予報も。

新聞は、日曜日の読売だけなので、ニュースは見る様にしている。

その中で、側溝に脱輪してしまった軽トラを大相撲の力士2人とトレーナーの方1人の3人で、持ち上げて、元の道に戻す場面が流れた。

多分、一般の方のスマホの動画だと思う。

その3人は、何も無かった様に、その場所を後にしたとの事。

今、九州場所を私も楽しんでいるが、最高にかっこよくて、すごいニュースだと思った。

然《さ》り気無《げな》い親切。とても美しいと思う。

⑨お泊り保育の訳《わけ》

今、我々が住む家は、私が来る数年前に新しくしているとの事で40数年になる。

家の真後《まうし》ろは県道に面している。

この道は、２カ所道幅がとても狭い所がある。

バイパスの工事は始まっているが、もう少しかかりそう。

問題の狭くなる１つ目の地点に我が家は近い。

恐らくカーナビの指示で入ってくる、この辺のドライバーでない大形のトラック等が、Ｕターンして戻って行く。

近くに大きな空地があるのが不幸中の幸いとも言える。

少し離れているエリアのバイパスがずいぶん前に完成していて、この道を知っている人達はそこに進んでくれるので、ずいぶん大型の車の数は少なくなってきた。

この１本目のバイパスが完成する前は、なんでもかんでも家の後ろの道を大きな車もガンガン走行していた。

その当時は、大きいトラックが通る度《たび》に、「ガタガタ」家が揺れていた。

今は、2階の部屋の場合、ビー玉を置くと自分でコロコロ動きだす。

茶の間から台所に行く途中のガラス戸。上はぴったり付いているのに、右下は1センチの透《す》き間。

禍《わざわい》を転じて福となす。

兎《と》に角《かく》部屋の換気は、十分。


うちのリフォームプロジェクトは、2022年の6月から始まった。

平屋の方の屋根裏の元気なネズミ。

1匹だと思うけど、私達が寝るあたりの時間になるとランニングを始める。

優雅なスロージョギングとは程遠い、UFO並の変化をしている。

私と同じくらい、いや上かもしれない程気の短い家内は、畳用の長い箒《ほうき》の柄の部分で、しつこく「ドンドン」と天井《てんじょう》を叩《たた》く。

杉板なので、スピーカーの効果があると思う。

でも、彼が静かになるのは数秒。

ある日、いつもの彼のトレーニングの音を聞いていると、「ドスン」と何か、屋根裏に落ちた様な音がした。

それからは、静かな日々となった。

次の日、家の周りや上の方を見てみるが、小動物が入る様な透き間は見えないというか分からない。

妙な所を気にするというか心配性の家内。

「なんかが、住みついたら大変だよ、どうしようか？」

「どうなんだろねえ。家の壁なんか、上《あ》がれるかなあ」

白鼻心《はくびしん》は一度、庭で見ているが、とても屋根裏に入れるとは思えない。


家内の母は平成30年に、天国に旅立っている。

その時、お世話になったのがＪＡさん。

組合員だと安くなるとの事。

その時に早速《さっそく》、１口５千円のを２口で仲間に入れてもらっている。

毎月、届けていただく冊子。

その中のチラシの1枚が、プロジェクトの火付け役となった。

JAさんとタイアップしている業者さんだったら安心そのもの。

直《す》ぐに電話で予約を入れて、来てもらう事になった。

私の読み書きの部屋の天井《てんじょう》板の1枚が外《はず》れて入口となる。

見てきてくれた彼は、家のテレビにデジカメみたいなのを接続して、画面を見ながら説明してくれた。

ネズミの糞や食べた落花生の跡もあったとの事。

でもこの家の場合、それ程ひどくはないとの事だった。

ただびっくりしたのは、ヘビの抜《ぬ》け殻《がら》があった事だった。

あの「ドスン」という音は、ヘビが入口から入って屋根裏の床に落ちた時の音だったと思う。そして、運動好きだったネズミ君は、彼の胃の中へ入ってしまったと思う。

前々から、別の工事屋さんに頼んであった、お風呂場の改修と同時に進んで行った。

また、家の玄関の戸は、半分の1枚が動かなくなってしまった。

庭にあるトイレの戸2枚の外側はボロボロ。男子用の扉《とびら》は、強風があると勝手に開いてしまう。

小さな出窓もサッシにしたかった。

なんと、大工さん、電気屋さん等も入った3つの業者さんのお世話になる事になった。屋根裏の人達は、清掃、穴埋《あなう》め、材木を守る湿気取りの袋を敷《し》いてくれた。

9月には、大型トラックが朝来て、夕方には、ユニットバスが完成した。

そして、外トイレ、玄関、と続き、11月に家の中のトイレの便座と台所の水道の蛇口が新しくなったのを最後に、この壮大なプロジェクトは、幕を閉《と》じた。

田んぼも耕《たがや》してもらってあったし、定例のお守《も》りも、男の子の入園で今月からはゆっくり好きな事が出来ると思っていたら、そうはいかなかった。

チビ2人は、水色をメインにしたクリナップの新しいユニットバスがとても気に入ってしまい、次の日から園が休みになる金曜日に泊まる様になってしまった。

ある日、園が終了すると、その足でこっちに来てしまった。

玉ネギを植える仕事で畑に行っていた家内。

まさか、こんなに早く来るとは思ってもいなかったので娘に、

「ずいぶん早いじゃない」

と言うと、

「あの2人が、我慢《がまん》出来る訳ないでしょう」

と素《そ》っ気無《けな》い。

最愛の娘は、5歳の女の子に男の子の着替えの説明をすると、風の様に去って行ってしまった。

この夜、いつもの秋田の日本酒が2合から3合になってしまったのも事実。

⑩欲しかった物

東京での仕事で、電話による連絡や報告が不便だった事はあまり無かった。

木造2階建てで、トイレは共同だった「学生アパート」。ＡＳＡ〇〇という名前は、名刺にするとかっこよかったが、実態は格安アパートだった。

ここには、この建物にはとても相応《ふさわ》しくない「ピンク電話」が1階の玄関近くにあってみんな利用していた。

私は、自分の4畳半の部屋に固定電話を入れていた。

その薄緑色で、おしゃれだった電話機。

「プルルーン、プルルーン」

と、着信音もかわいかった。

この時代、まだ公衆電話の数も多く、そのうちに、ポケットベルなる物も出てきた。

これがかっこいい時代でもあり、個人で携帯電話を持っている人は少なかった。

地方に転勤になって、農村のエリアに行く事もあった。

ポケベルを持たない自分にとって、トラブルやアクシデントが発生したらと思うと、やはり心配だった。

若い時、山歩きには、「無線があった方がいいよ」と、登山仲間の友人から薦《すす》められた。アマチュア4級のケンウッドのハンディータイプ。

ある時、無線も携帯も同じだと思うとやはり欲しくなった。

当時、本体も通信料も高く、とても安月給の自分には無理と思っていたが、1つの大きな転機が生じた。

それは母の死だった。

その日、私は仕事で外に出ていたが、上司が私を探《さが》す為に外に出てくれていた。

「おっかさんが亡くなったってよ」

「もう、仕事はいいから、帰ってくれ」

訛りをあまり気にしない人で、人情のある方だった。

この時、痛感した。

もし、自分が携帯を持っていたら、上司や同僚に迷惑を掛けなかったし、母の死に目にあえたかもしれないと思った。

少しして、携帯電話ショップへ。

実物は、なんともかっこよくて、完全に一目惚れ。

その場で契約してしまった。

車やオートバイなどの場合、前もって家内に相談していたが、後にも先にもこれが初めての自分だけの判断だった。

今から30年くらい前なのではっきりはしないが、契約してから、実物を手にするまで数日はかかった様に覚えている。

1日でも早く手にしたかったので、平日に休みを貰ったかもしれない。

この日は、とても天気が良かった。

お店の担当の方は、淡淡と使い方と書類の書き方を説明してくれる。

「こちらが、お客様の番号になります」

と私に、A4の紙だったか、画面だったかは忘れてしまったが、見せてくれた。

「…………」

私は声が出なかった。
お店の人は、少し怪訝《けげん》な面持《おもも》ちになった。
番号の後ろが、なんと家内の誕生日。それも続けて2回。
更《さら》に、その前の2ケタが家の固定電話の市内局番と同じだった。
その日の夜、仕事から帰って来た家内に、玄関で見せた。
その次の日から、その腫れ物は、VIP待遇の生き物になってしまった。
働くのは、お昼休みの1時間のみ。
勿論《もちろん》、マナーモード。
この宝物に、電話をくれるのは、唯一《ゆいいつ》番号を知っている家内だけ。
なにしろ、転勤になってまだ日が浅い。
自分の考えだったが、東京からの転勤という点も少しネックになっていた。
ポケベルを誇《ほこ》らしく説明してくれる先輩。
もし、自分が携帯を持っている事が分かってしまったら大変。
仕事場では、心の休まる日は無かった。
この宝物は、仕事着の内ポケットへ。

しっかりボタンも掛けるといった対策を取っていた。

ある日、午前の出発前の準備等でみんなが、精神を集中している時だった。

〈タタター、タタター、タタター、タタタター〉

とリズミカルな人気刑事ドラマのテーマソングの着メロが右胸から出現《しゅつげん》してしまった。「まずい」と思ったが、音量を低く設定してあったのが私の命を守ってくれた。

本能的に私は、トイレの方向に動きだしていた。

私の一番近くにいた、チーム担当のパートのおばさんが顔を下にして、笑いを堪《こら》えていたのが忘れられない。


今のガラケーにするまで、自分は機種変更の時には必ず、予備のバッテリーを購入している。以前と比べて、一つのバッテリーに対して充電の回数が増えたのかもしれない。充電時の不具合が目に余る様になってきた先日、携帯ショップに持って行って見てもらった。

世捨て人《よすびと》に近い私の携帯には、まず掛かってはこない。

ここ数年、何度も、「もうやめようか」と、言っているが、

「月、千円とちょっとだし、やっぱり、5分の通話無料は絶対いいんだから。もう少し、使おうよ」

と家内は、時計を気にしながら、せっせと使用している。


ショップに行くと今は原則、予約制になっているとの事。

幸い夕方の4時と5時に空《あ》きがあったのでもう一度行く事にした。

「念の為、充電用のセットを持ってきてください」

そう言われた。

このお店は、ガラスの面積が大きくて明るく、社員の方々は親切できちんと対応してくれて、家内も気に入っている。

約束の時間より、20分くらい早く着いて席で待っていると、スレンダーでとても素《す》的《てき》な若い女性がこう言った。

「本体と充電器をチェックしてみますね」

次に案内された窓口の女性は、私の娘より若くて、ポッチャリした感じで、とてもかわいい。

私のバッテリーには問題が無く、充電器の台座への差し込み部分が変形していて接触が悪かったとの事。思えば、何度かウッカリ充電中にけとばしている。

その時、少し雑談で、

「自分は、ずっと貴社の携帯だけれど、どのくらいになっていますか？」

「今月の15日で、27年と11カ月になってます」

「この番号は、ずっと気にいっていてそのままなんだけれど、昔は番号選ばなかったし」

「でも、この番号はすごいですね」

「今はどうなんですか？」

「今は下4ケタは選べます」

いろんな商売のお店があるが、やはり自分がいいと思った所は本当に大切にしたいといつも思っている。

⑪ 宝くじ

「直木賞とか芥川賞を取ったら、只《ただ》で出してくれるんじゃない？」

「宝くじに、当《あ》たったらいいよ」

「○○（娘の愛称）が、いいって言ったらいいよ」

この発言は、私が出版社に行った次の日（11月27日）の朝一番の事。

今日は、予告無しに姿を現《あらわ》した娘達3人組（28日午後。2人は幼稚園に行っているが、終了してから来てくれた）。

「まあ、出して、○○万だな」と娘。

まったく私の人生最後のチャレンジを後押《あとお》しする様な気配はない。

それでも、日が経《た》つにつれ、家内の怒《いか》りは鎮静化《ちんせいか》してきた。

1週間程して家内が、

「年金が出る様になったら、いいよ」

と、一言。

12月4日（日曜日）人権週間に入ったこの日、茶の間の火燵《こたつ》で（とても寒い1日だった上に、「卯《う》」の日だったので休んでいた）家内とテレビ（ビデオだったかもしれない）を見ていた。

それは、山本周五郎原作の「五瓣《ごべん》の椿《つばき》（2）『変身』」だった。家内は、韓国ドラマや中国の作品もその国の言葉（字幕）で楽しんでいる。

「こういう、小説を書けばいいんだよ。そしたら、出してあげるから」

6月から始《はじ》まった、怒濤《どとう》のリフォーム——屋根裏関係、玄関の戸や庭のトイレの外装、大工さん（2チームの方々）で、自費出版の出版委託金に勝ってしまった（総額が）。

お風呂（ユニットバス）等は、まだ請求書が届いていない。

現金収入の無い、我々（2人は）は、僅《わず》かな蓄《たくわ》えを、少しずつ削《けず》って生きている。

公的年金まであと少し。

今年の4月で、私は64歳に。

年金基金からの書類が届いたと思ったら、私がメインにしている銀行（茨城で一番大きいとの事）、そしてＪＡ、最後に郵便局から案内が届いた。

無料の相談会やプレゼントなどいろいろ。

64歳からの支給は、一部分との事で、私の場合（正職員の期間が36年と少ないので）ほんの僅《わず》かだと思う。

家内の強い希望で、お世話になる先は郵便局となっている（予定）。

考えてみると、車にずっと乗れるわけでもない。

歩いて数分の近さにある特定局（小さい郵便局）は、やはり有り難い。


財務担当の家内にとって、私の道楽に大金を出すのは、受忍限度《じゅにんげんど》を完全に超えていたのだったと思う（昨年の11月あたりは）。

因《ちな》みに私は、１００円の宝くじをバラで買う事にしている（家内の父もそうだった）。

もう一つの拘《こだわ》りがあって、購入する時期は、その10枚の発表（当選。翌日の朝刊を買って、自分の目で確かめている）後、売場で末等のお金を貰った時に、また10枚購入する事にしている。

こうする事により、この夢に多額の投資（現金）が不用な事になると思っている。

何事も同じと思う。やってみなければ、分からない。
種を蒔《ま》かない限り、実《み》は得られないと思う。

⑫ エッセイとの出逢い

娘は、28歳まで（大学の時の数年以外は）家から仕事に行っていた。

彼女は、自分の家を持ったのだから、いろいろ持って行けばいいのに、元の自分の部屋に本も置いたままにしてある。

ずいぶん昔（子供達が学生の頃）、本の整理をしたくて自分用に、木製で引出《ひきだ》しが付いて、扉式《とびらしき》の立派な本棚を買った事がある。

当日午前。玄関に入って、数分後、家内の一言《ひとこと》。

「お父《とう》さんには、もったいない。これは子供達用にしよう」

この「鶴《つる》の一声《ひとこえ》」で、所有権は娘の部屋に移動してしまった。

以来、20年微動だにせず、同じ場所に鎮座《ちんざ》している。

右半分が娘。左半分は兄（次男）用となっている。

次男も、八王子の自分の家に持って行けばいいのに、マンガまで置いてある。

第2の仕事（時給での契約社員を4年やっている）を卒業するあたりだったかもしれない。心に、少しばかり余裕が出てきて、読み書きの時間が増えていった。昔読んだ本をもう一度楽しんでみるのも乙な気分になるし、いろんな勉強にもなる。

今は、私の書斎《しょさい》となってしまった娘の部屋。茶の間に接しているので、家内も私に雑用を頼むのに便利だし、目が届くので安心出来るらしい（「私の城」になっている庭の離《はな》れだと心配なのかよく見に来る）。

ある時、ガラス窓の向こうに『もものかんづめ』の文字。

さくらももこさん（集英社文庫／２００1年3月25日第1刷）の本だった。彼女の手書きのイラストも多く、とても読みやすい。時を忘れて、読んでしまった。そして、こんなに楽しく書いてもいいんだと思うと、自分も書きたくなってしまった。

この本との出逢いが、残りの人生の流れを変えてしまった。

夢のまた夢のバッジ（弁護士の）。

この思いは、多分、死ぬその時まで消えないと思う。

でも、勉強嫌い、人嫌い、スマホすら持っていない（パソコンはあるものの、世の中とつながっていない上、馴れようともしていない）世捨《よす》て人《びと》そのものの自分。こんな人間でも、少しでも、人様に恩返しと思い、落葉1枚、小枝1本の気持ちで、身近な所に行っている。

原稿用紙に向《む》かう時間も少しずつ出来たあたりから、その道の先輩の本で勉強しようと思い、3冊程手にして（宝物になっている）いる。

1冊目は、イモトアヤコさんの『棚からつぶ貝』（文藝春秋）。とても、彼女が好きだったのと、彼女の初のエッセイ集という点が大きかった。私も、エッセイを1冊に纏《まと》めたいという思いが少しずつ脹《ふく》らんできた。

2冊目は、小池真理子さんの『月夜の森の梟《ふくろう》』（朝日新聞出版）。彼女のファンなのに、作品を読んだ事が無かった。

この1冊で、プロの大きさを痛感する事になった。

田中久子さんの装幀《そうてい》、横山智子さんの絵は、この作品にとてもマッチしていて素的《すてき》に思えた。

そして、今読んでいるのが、山本文緒さんの『無人島のふたり　120日以上生きなくちゃ日記』（新潮社）。

私も月日を大切にしたいので、安心出来た。

なにより、大野八生さんの装画が、この1冊をより大きく高くしていると思う。

その後も本屋さんに行くと、エッセイのコーナーで足が止まってしまう。

冬至《とうじ》（12月22日）には、我が家では南瓜《かぼちゃ》を食べて、柚子湯《ゆず》に入る事になっている。

柚子の木も庭に1本あり、南瓜も畑（庭の場合、生ゴミの中の種からも芽が出てしまう）で作っている。

冷凍庫に、南瓜を料理したものがある事を知らなかった私は、いつものスーパーで、その天麩羅《てんぷら》を買ってしまった。

いつもの本屋さんは、同じ敷地内。

この日は、なぎら健壱さんの『アロハで酒場へ』（双葉社／2022年10月23日第1刷発行）を購入。

年が明《あ》け、長引《ながび》いた風邪（熱はまったく無かった）から回復した25日に、5冊目となる山本譲二さんの『いつか倖せ来るじゃないか　大腸がんと乳がんをふたりで乗り越えて』（KADOKAWA）と出逢っている。

家内は、「小説を書けばいいのに」と、録画したいろんなドラマ（午前中は、まだ寒いので、お昼近くなってから動き出している）を2人で見ている時に言っている。

確かに、エッセイは一般に地味かもしれない。

人生が変わってしまう程の「ミリオンセラー」との出逢いがあるかもしれない小説とは、スタンスが違うのかもしれない。

なぎらさん、山本譲二さんも、自分を飾《かざ》らず、本当の自分と真剣に対峙《たいじ》している。

それを家族の一人一人が、温《あたた》かく包《つつ》んでくれている。

実は、私は若い時も少し書いていた。

車の月刊誌等に旅行記みたいな物を送って、写真と共に自分の書いた文が活字《かつじ》になる事は、本当に嬉《うれ》しかった。

その本が出る頃になると本屋さんに行って、そのコーナーのページを必ず確認していた。

少ししてほとぼりがさめた頃、現金書留で謝礼が届いた。

「〇〇（私の名前）すごいじゃない」

「どうしたのこれ」

「いや、少し書いたんだよ」

下宿（1Fの1室を借りていた）先の小母さんが持って来てくれた。

そのお金でウイスキーを買って、小母さんにプレゼントした。

その後、茨城での生活に入って、結婚した年の夏に第1子。次の夏に第2子を授《さず》かったあたりに書いたエッセイが採用（月刊誌）になった。

この時は、仕事関係の冊子だったのでペンネームではなかった。

家内の実家での2年続けての雀《すずめ》の雛《ひな》との出逢いを綴《つづ》った物だった。

この時の原稿料は、1枚の為替《かわせ》だった。

そしてなにより嬉しかったのは、その冊子が大きな封筒に礼状と一緒に入っていた事だった。

何度かの引っ越しの時、本も処分（古本屋さんにも行っている）したが、この一冊だけは今もある。

なにしろ40年近く前の本だったけど、このエッセイ集に載せたかったので確認する事にした。

当時の大臣官房の担当部署（編集部というか編集室）の電話番号が残っていたけれど、通じない。

何回か掛けてはみたものの、その番号は、「現在使われていません」ばかり。

仕方無《しかたな》く、最後の仕事先の総務の方のお世話になる事になった。
若い感じの女性は、私の希望をサラリと聞いてくれた。
何日も経《た》って、忘れかけた時その彼女から電話が入った。
思っていた通《とお》り、転載は不可との連絡だった。

⑬写真

本日は12月10日（土）。世界人権デーとカレンダーにある。

今読んでいる山本文緒さんの『無人島のふたり～』の文は、日付から新しい1日が、綴《つづ》ってある。

昨夕（食事というか、大好きなお酒タイムは夕方5時と2人で決めている）は、ペンギン（ガラス製の徳利《とっくり》で、丁度《ちょうど》2合入る。これをその日の気分で選んだお猪口《ちょこ》で楽しんでいる）で1つだけだったので、スッキリ午前4時少し前に床を出ることが出来た。

ウエストを73センチに（今76センチ）戻《もど》す計画中で、いつも腹八分《はらはちぶ》なので、早朝はとてもお腹が減っている（家内はテレビ体操のあたりに、私に声を掛けられて起きてくる）。

2人での朝食（3回のうち、一番しっかり取る様にしている）まで時間があるので、今日はカフェ・オ・レとチョコパイにした。

この2つは、いつもいつもとはいかないが、昨日、地元のスーパーの割引が大きかったので、家内が奮発《ふんぱつ》してくれた（チョコパイの方）。

TBSのニュースそして天気予報。

定位置（茶の間の火燵《こたつ》）で『無人島のふたり〜』の続きを読んでいると、1枚の写真が目に飛び込んで来た。

5人の素的《すてき》なドレスの女性。

2009年の結婚パーティーの（スナップの）1枚との事。

彼女の関係者の方々には、大変申《もう》し訳《わけ》ないと思う程、私は山本文緒さんの本はこれが初めてだった。

写真の女性達は、首から大きなネームプレート（手書きの）をネックレスの様に着けている（私の手には、いつもの虫眼鏡《むしめがね》）。

最高の一枚に思えた。

私は、小学校6年の時に自分のカメラを手にしてから（新聞配達のアルバイトで購入）、人生観が百八十度変わってしまった。

自分の様なダメ人間でも、自分の思いを形に残せるという事が、とても新鮮だった。今のデジカメと違って、現像するまでは写っているかどうかさえも分《わ》からなかった。慎重に（巻き戻してから）取り出したフィルムを写真屋さん（自転車で行ける所にあった）に持って行くが、自分の作品を見るのに数日かかった記憶がある。

暫《しばら》くしてカラーフィルムも出回り始めたが、自分はモノクロの世界にどっぷり浸かったままだった。

高校に進む時に、運良く月5千円の奨学金を貰《もら》える事になった（この総額18万円は、初めての夏のボーナスで全額返した）。

そして、夏休みには、土木工事（橋作りを手伝った事もあった）のアルバイトもしていたので、当時の同級生からすると、自由になる小遣《こづか》いは多い方だったと思う。

高校では、写真部に入った（図書委員としても3年籍を置いていた）。その記念にストロボを買った。

祖父は、天然の木（後日、記録を見ると木天蓼《またたび》となっていた）で、笊《ざる》等の日用品を作っていた。

その仕事（本家においての、祖父の定位置だった囲炉裏《いろり》ばたで）の様子を撮《と》った四ツ切りは、顔と手、そして製作中の作品が、ストロボの光で浮《う》き上《あ》がっていた。

この四ツ切りの作品「雪国の老人」は、その年の写真の部（母の仕事関係先主催だった）に優秀賞として入選している。

その後、55歳の（時の）退職記念に（3人の子供達から）かなりハイレベルなデジカメを貰うまでは、フィルムの一眼レフ（300ミリまでOKのレンズを付けていた）1本で勝負していたが、相当数のアルバムと写真、額入りの四ツ切りが宝として残っている。

カメラ、そして写真との出逢いが、私を負《ふ》の世界から、引き上げてくれたと思っている。

⑭ 年賀状

今年も年賀状受付開始の日がやってきた。

毎年、この日（15日）の夕方というか、夜のニュースで取《と》り上《あ》げられて、映像が流れる。

時代の流れだろう。

ここずっと発売枚数は減少しているとの事（テレビのニュースで）。

家内が若い時にお世話（東京での仕事先の上司夫妻《ふさい》）になった、そして今もいろいろ良くしてもらっている方からは、

「歳だから仕舞《しま》いにしたい」

と思っているとの話だった（少し前に）。

今年は、家内の従姉妹《いとこ》（少し年上の人だが、大変良くしてもらっている）から、止《や》めたいので宜《よろ》しくとなった。

我々は、２人合《あ》わせても１００枚に届かない。

印刷は、ここずっとスーパーのサービスを利用していたが、今年は郵便局にお願いする事になった。わざわざ取りに行かなくても、家にいて受け取れたのは、本当に有難いし便利だと思った。


これらの印刷してもらったものを使う前は、手書きの量が多くて大変だった。

私の場合、両家の親戚（私が担当している）を入れても30数枚で、家内の半分。

家内は、年末が近づいた頃に、筆ペンで集中的に行い、1日で終了させている。

文字が下手《へた》な自分は、ゆっくり、そして相手を思いながら丁寧《ていねい》に書いているので、時間がかかってしまう。

早く書きたいのだが、喪中の葉書が来る心配もあって、この日（15日）から始めている。

それでも次の日（16日）に、喪中の葉書が1枚届いていた。

幸いにも、未《ま》だその方の住所は書いていなかった。

自分の場合、30数枚の住所を書き終えてから、少しのコメントを入れている。

ここずっと、ボールペンはグリップが太めのものを愛用している。
この原稿は、ＨＢの鉛筆で書いている。
どちらも書いていて楽《らく》なので、大変重宝《ちょうほう》している。
日本の文化の１つの年賀状。
いろんな考えや意見があるが、私は大切にしたいと思っている。
自分でペンを持つ事が、難しくなる時まで続けたいと思っている。

⑮アドバイス

私の母方の叔父さんの中に、剣道を極《きわ》めた人がいた。

自分が中学に進む少し前、

「剣道部に入ったら、なんでも買ってあげる」

と、言ってくれた。

身心共に脆弱《ぜいじゃく》な私を、特に心配してくれていた（と思う）。

大好きな叔父さんだったので、その通《とお》りに剣の道に入っていたら、また違った人生だったかもしれない。

今では、理由が思い出せないが、私はテニスを選んでいる。

それでも、夏休みに母の実家に行くと、よく鮒釣りに誘ってくれた。

前の日の夕方、ポイント（いつも行っていた近くの沼）に撒《ま》き餌《え》を打っておく事もあった。

「バッカバッカ釣れるからな」

と叔父さんはとても嬉しそうにしている。

次の日の朝早く、昨日の場所に向かった。

高鳴る気持ちを抑《おさ》えながら、二人で黙黙《もくもく》と仕掛けをセットしてから、ゆっくりと第1投。

幸いにも風が無く、オモリとエサは狙《ねら》った所に落ちてくれた。

玉ウキの動きを見る時は、本当に無心《むしん》そのもの。

いつものモツゴ（クチボソ）ではない。

多くのキンブナやギンブナ（マブナ）が来ていて、彼等は遠慮しているのか、「アタリ」は鮒と分かる（ゆったりとした動き）。

上下の動きの後に、沼の中心に向かって、ウキが逃げ始めた時に、「アワセ」を入れる。

この沼には、もっと大きくなるゲンゴロウブナ（ヘラブナ）はいなかった様だ。

鯉もいたと思うが、私達のミミズには来なかった。

彼の場合は、「吸《す》いこみ」の「ネリエ」、それも美味《おい》しい「ダンゴ」でなければ来てくれないのだろう。

ミミズも食《た》べるとの事だが、仮に、かかってしまっては、こっちが大変な事になってしまう。

なにしろ、竿《さお》もミチイトもハリスも、岩魚（イワナ。沢の上流部に行っていた）用のをそのまま使用していたので、一溜《ひとた》まりもなかったと思う。

母は、魚をとってくると、とても喜んでくれた。

いろいろ心配ばかり、掛けていたので、子供心にも、母の嬉《うれ》しそうな顔は、ちょっぴりでも、生きている自分を感じる事ができた。

岩魚（偶《たま》に、山女魚《ヤマメ》がかかったが、これが一番美味いと言っていた）や鮒は素焼《すや》き。岩魚は、食べやすかったが、鮒は骨に肉がへばりついた様になって、なかなか取りにくくて面倒だった。

それでも母は、上手に、楽しむ様にして、ゆっくり味わっていた。

もう一つが、素揚《すあ》げ。天麩羅にしない。

なにしろ小さいモツゴやカジカ（水の奇麗《きれい》な川が1本あった）のワタも取ってから、油に入れるので、直《す》ぐに出来上ってくれるのは、とても楽《らく》だった。

今思うと、当時も簎《やす》で突《つ》く漁法は、タブーだったかもしれない。

でも当時、小学生が、1回（1日分）の数だけしか捕らなかったので、特に注意される事は無かった。

流れの緩《ゆる》やかなエリアで、水眼鏡《すいがんきょう》（ガラス以外は、ゴム製で顔にフィットしていた）を利用していた。

カジカは他の魚と違って、動きも少なく、移動も短かったので、下手《へた》な私でも、逃《に》がしてしまう事は、まず無かった。

夏休みが終わる頃、私は、背中だけが特に日焼け（膝《ひざ》くらいの水深の所を、屈《かが》んで捕っていたので）している変な子だった。

叔父さんは、実家（本家《ほんけ》）をメインに盆休みを楽しんでいたが、県道を隔てた我が家にもきちんと顔を出して、ゆっくりしていってくれた。

「〇〇（私の名前）は、何になるんだい」

「もう決めているかい」

彼の声は、少し高めだったが、品《ひん》があって、いかにも東京の人という感じだった。

「俺は、栄養士かな。食べ物や栄養は大切だと思う」

「それは、男の仕事じゃないな〜」

「…………（私は言葉が無かった）」

この時から、50年以上の月日が、流れている。

子供達が、中学高校と進む頃、自分は仕事と資格試験への挑戦で、3人がどのくらい勉強が出来ているとか、どういう道を目指《めざ》しているといった事は、まったく分からなかった。

たいていは家内だったが、彼女の都合《つごう》の悪い時、私が学校に行く事もあった。

長男が中学3年生の時の面談。

「うちの子は、この高校入れますかね？」

「〇〇君が落ちるようでしたら、みんな落ちています」

担任の男の先生は、かなり気持ちが、苛立《いらだ》っているのが、顔に出ていた。

長女（3人の1番下）の時は、高校3年の時の進学相談（個人の）会。

「お父《とう》さん。ここの大学でいいんですか」

「大変なんですよ」

「何が大変なんですか」

「あら、聞いてないんですか？」

「学費が、かなり高いんですよ」

「大丈夫ですか」

これには、流石《さすが》の私も参《まい》ってしまった。

長男は行きたかった私立にも合格していたが、学費を心配してくれて地方の国立に行ってくれた。物理の方だったが、院も同じ大学だった。

次男は1浪しても、夢を諦《あきら》めないで、教職課程に進んでくれた。

娘は、センター入試（この日の事をよく覚えている。前の日の雪かなにかで、路面はガチガチに凍《こお》っていたが、パジェロミニで送ってあげられた）を利用して、奇跡《きせき》的に勝利してしまった。

彼女は、担任の心配していた、大学に進む事になった。

なんとも、不思議な感じがしたけど、栄養の方面になっていた。

次男の伴侶も、大学は違うものの、栄養の方を修《おさ》めている。

3人目（身内からの栄養士は）は、姪（家内の妹の次女）。

私は男（2人の）兄弟。

家内は、年が7つ違う妹との姉妹。

兄夫婦《ふうふ》も、2人の娘を授かり、後に2人とも素的《すてき》な伴侶と巡《めぐ》り合って、それぞれが子供を立派に育てている。

兄の家までは、車で1時間。

家内は、「もっと、行けばいいのに」と言っている。

仲が悪い訳でもないけど、いつも、いつも行ったり来たりでは無い。

男同士というのは、そういうものかもしれない。

兄の方は5人の孫。

当方も、本年の2月1日に、次男の方で待望《たいぼう》の男の子が生まれ、兄と同じ5人となった。


私は、栄養の学問の道ではなかったが、今でも、食べる事、食の安全、健康の幸せをいつも大切にしている。

自分の人生（思うと）は、本当にマイナスだらけ。

なんで、3歳の時に、死ねなかったのかと思うことも多い。

でも一つだけ、自分の宝を持つことが出来た。

3人の子供のやりたい事を、応援が出来て、皆、家庭を持てた事が、なにより嬉しく、自分の生きる力となっている。

⑯プロレスと私

人間は、ロボットでは無い。

いろんなミスもするが、思いもしない大きな仕事、結果を得る事がある。

「なんで、そんなにプロレスがいいんですか?」

「どこが、いいのかなあ、何がいいんですか?」

私は、上手《うま》く答えられないし、きちんと説明をしたいとも思わない。

あくまでも自分が楽しんでいて、人様にはこの喜びを無理に押し付ける事だけは避《さ》けたいといつも思う。


先島諸島《さきしま》（南西諸島）の小さな島でのスキューバダイビング。

真夏に、畑からとってきた胡瓜《きゅうり》に手作りの味噌、ちょっと贅沢《ぜいたく》に冷えたビンビール。

最愛のフィアンセを思っての聖バレンタインデーのチョコレート作り。

結婚記念日に、一流ホテルでの2人だけのディナー。

ファンクラブの一員として行くコンサート。

真冬の山で、愛犬とのハンティング。

仲のいいメンバーとのキャンプ。

250ccのオフロードバイクでの林道ツーリング。


人の数だけ、好きな事、楽しい事、やってみたい事があると思う。

プロレスは、究極のエンターテインメントだと思うし、一人ひとりが社長であると思う。

昭和の頃は、今みたいに団体も多くなかったし、一流プロレスラーと呼ばれる人は、誰《だれ》もが知っていた。

私は、小学生の頃からプロレスが好きだった。

プロレスの雑誌も好きだった。

同級生は、まず買う事も読む事も無かったと思う。

学校の勉強はしなかったが、この雑誌（月1回の発行だった様に思う）は隅《すみ》から隅まで読んでいたし、大切にしていた。

テレビは、母と兄がチャンネルを譲《ゆず》ってくれた。

私以上に父は、日本人がやられたり、外国人が反則（チョークをレフェリーに分からない様にやったりする。今思えば、これも見ている人達への大サービスだったかもしれない）をしたりすると、かなりエキサイトしていた。

母は、キム・ドク選手（タイガー戸口さん）を、「キノドクな名前だね」と言うレベル（私はこの人の大ファンだった。プロレスラーはみんな好きです）。

自分は、虚弱児《きょじゃくじ》だったので、強い人達に憧《あこが》れたのかもしれない。

19歳で上京し、安くとも、月々きちんと給料（当時は現金支給だったが、その袋を右手で振《ふ》って、「これではなあ」とボヤいていた先輩。でもみんな、仕事と仲間を大切にしていた。東京での11年が一番楽しかった）を貰える様になると、自分のお金で生のプロレスを見る喜びを知る事になった。

東京での生活のスタートは、職員寮を希望しないで、叔母さん（母方の）の家の1階の一部屋（4畳半くらいだったと思う）を借りる事が出来た。

小さな流しがあって、ガスも来ていたので、夕食は大抵《たいてい》自分で作っていた。

都電を降りると、直《す》ぐに○○銀座の入口。いろんなお店があって、楽しく自炊する事ができた。

なにより助かったのが、銭湯が近かったこと。歩いて1分の距離だった。

そして幸いにも、仕事先のビルには入浴施設があった。エレベーターで地下2階だったと思う（地下1階は公用車等の車庫だった）。大小の湯船があって、10基程シャワーがあったと思う。

出勤の日は、夕方（仕事が終了してから）はよほどの急用でも無い限りここを利用していた。

この仕事場のフロは、本当に助かったと思っている。毎日銭湯だったら、月5万の貯金（天引きにしてもらっていた）は出来なかったと思う。

それに8階には社員食堂があって、朝も昼も安く、安心して食べる事が出来た。外食は、月1回、給料が出た時。近くの（個人の）焼肉屋さんに行くくらいだったので、思ったよりも早く、プロレスの試合を生で見る事が出来た（下宿先そして次のアパートにもテレビは置かなかった）。

初めての後楽園ホール。

運良く、ジャイアント馬場さんと彼の愛車のキャデラックを見る事が出来た。

１９９９年（４月10日）には、やはり初めての東京ドームで、新日本プロレスを楽しんだ。

対戦カード（当時のパンフレットというか大きな冊子）が残っている。

第０試合　ノーロープ有刺鉄線電流爆破デスマッチ
蝶野正洋　VS　大仁田厚
※この後に休憩が入った。
第１試合　ＮＥＷ　ＪＡＰＡＮ　ＰＲＯＧＲＥＳＳ
中西学　永田裕志　VS　天山広吉　小島聡
第２試合　新日本　VS　バトラーツＰａｒｔ-１
高岩竜一　VS　田中稔
第３試合　ＩＷＧＰジュニア・タッグ選手権試合
チャンピオンチーム
ケンドー・カシン　ドクトル・ワグナーＪｒ.

VS 獣神サンダー・ライガー　ザ・グレート・サスケ

第4試合　IWGPジュニア・ヘビー級選手権試合
チャンピオン金本浩二 VS 大谷晋二郎

第5試合　新日本 VS バトラーツPart-2
山崎一夫　藤田和之 VS 石川雄規　アレクサンダー大塚

第6試合　IWGPタッグ選手権試合
チャンピオンチーム佐々木健介 越中詩郎
チャレンジャーチーム藤波辰爾 天龍源一郎

メイン　IWGPヘビー級選手権試合
チャンピオン 武藤敬司
チャレンジャードン・フライ

当時の記録はパンフ1冊だけなので、マッチメイクに変更があったかもしれないし、細かい内容は忘れてしまったが、コメントは不要と思うくらいすごい大会である事は、この対戦カードで十分と思う。

後にも先にも、ドームはこれだけ。

そして、特別リングサイドでなかったのもこの時だけ。

当時は、とても私に出せるお金では無かった（でも、書いていて今思うと、そのいい席は売り切れで買えなかったかもしれない）。

今だったら、なんとしても必死で求めると思う。

それ以後は、地元の大会で楽しんでいる。牛久運動公園体育館で行われた全日本プロレスの試合は、半ソデで大丈夫だった（天気が良く、外でウォームアップしていた選手を覚えている）。チケットしか残っていないので、6月27日（火）というだけで、何年だったか分からない。

今では、考えられないくらい平和というか、のんびりした時代だった。

私はこの日、非番か週休、もしくは、年休を貰っていたと思う。

大抵の人は、夕方の5時前後まで仕事をして、家に帰って、食事してから、会場に向かい、そこでチケットを買って、時間になった時にゾロゾロと入口から入って行くというのが一般的（地方大会は）だった。

この試合会場は、（私は）初めてで、夕方頃行って、道に迷って、開場時間に間に合わなかったら大変（私は気が小さい上に、とても心配性なので）とか、いい席が無くなって（売り切れ）いたら、悲しいとか考えて、お昼をとってから、家を出発していると思う。

早く行くと、駐車場のいい場所（少しでも帰りがスムーズになる所に停められる）を確保出来る。

茨城では、車は足そのもの。

何かの番組でやっていたが、茨城は、道路が多いらしい。

娘が大学の時、他県から来ている友人に、

「茨城は家族の人数分（大人で運転できる人の数）の車が必要なんだよ」

と話すと、「え……」となったとの事。

私も東京時代、仕事場で、少し上の人（東京で生まれ育った人だったと思う。上司）と休み時間に雑談をしていた。

車の話になって、自分は今、この車（名前）だとか、何（車種）がいいとか、話をしていて、私の番になった時、「車は3台、オートバイは2台」と言うと驚かれたことがある。

「それは、どこに置いてんの？」

「ええ、家の庭ですけど」

「いやあ、すごいな、庭の広さだけでも、すごいよ」

車は、私、家内、妹（仕事先まで車通勤）。

オートバイはいろいろ乗っている。ＳＲの４００cc、マジェスティという名の２５０ccのスクーター、屋根付きの３輪――ジャイロキャノピーという名前だった様に思う。オフロード車（ヤマハの２５０ccのセロー）等。

もう１台は親父さん（家内の父）のヤマハメイト（50cc）。

先の番組でも取り上げていたけど、持ち家率も高いとの事。

でも、当県は人気が無いらしい。

最下位だと聞いていたが、ＴＶでは（別の番組では）違うエリアだった。

その日の全日本プロレスの試合に、私は愛用のカメラ（ニコンの一眼に、ズーム機能がＯＫの３００ミリレンズ）と、普段は使用しないストロボを持って行っている。

このストロボが目立ってしまう。

昭和の初めの頃の、新聞社のカメラマンが持っていた様な物だった。

バッテリーは、単2が6本。これを肩から下げる。

左手は、丸い支柱を握っている。

カメラはその台座にネジ止め。

黒のTシャツ、黒のズボンに、この武器。

一般の人とは思われなかった様だ（お昼過ぎからブラブラしていたので）。

流石《さすが》に、リングやパイプイスのある体育館には入らなかった（入れてはくれなかったと思うけど）が、今と違って公共の施設はオープンだった。

ロビーを歩いていると、鈴木みのる選手（この牛久大会だと思うけど、メインが終了して選手の皆さんがバスに向かう時も、彼の後だった）が女性記者（若くてかわいかったと思う）に声を掛けていた。

「○○○は、○○が無い○○だ」

と言っている（いつもの記者さんだったと思う）。

とても「○○」で無いとここには書けない。

私は、彼の大ファンなので、お許し願います。

この頃も、私は常識や道徳感がゼロで、空気も読めなかった。

紙の手提《てさ》げ袋に、ちょっとしたお菓子を入れて、団体の事務の方にきちんと挨拶しておけば（するのがあたりまえですよね）、また違った思い出になっていたと思う。

その時の私は、どう見ても怪《あや》しい（フリーの）カメラマンに見えたのだと思う。

その時もトップだったと思う、武藤敬司《むとうけいじ》さん（もちろん昔から大ファンです）が、私を見に来ている。

危《あぶ》ない（厄介《やっかい》な）人間では無いと判断して頂《いただ》いたと思う。

本当にいろいろとありがとうございました。

2月、3月と、このエッセイ集の原稿がんばります。

また、楽しませてください。

私の名誉の為に一言。

写したのは、リングの機材を運ぶ大きなトラックと、貼ってあったポスター、そして、誰《だれ》もいないリングの3枚だけでした。

選手の皆さんは、1人も撮《と》っていません。

プロレスリングZERO1。

この団体の興業は2回楽しませて頂いている。

2枚ともチケットのみが残っている。

つくばカピオ（11月24日（月・祝）15：00開始）

この時のチケットは、プロレスリングZERO―ONEとなっている。

そして顔写真には、橋本真也《はしもとしんや》さん、大谷晋二郎《おおたにしんじろう》さん、田中将斗《たなかまさと》さんがキリリと写っている。

みんながお休みの日は、始まりが早いのが嬉しい。

もう1回は、「ZERO1 WRESTLER'S―取手大会―」（2010年8月12日（木）17：15開場 18：00開始）。

地方大会の場合、特設リングの場合もあり、この時は取手市ふれあい道路の近くだった（この日、弱い雨があった。スタッフの人がパイプイスを急いで、拭《ふ》いていた。食べ物のお店もあった）。

「第64代横綱・曙参戦！ 取手初上陸!!」とチケットに書いてある。

やっぱり横綱は大きく、迫力満点だった。

大日本プロレス。

この時、チケットを切ってくれたのが、トップのグレート小鹿《こじか》さん。

とても、温かさを感じて、良かった。

最高のサービスと思った。


女子プロレス。

看板（トップ）レスラーの休場の時、レスラー全員がリングに上がって、陳謝《ちんしゃ》された。

私は、胸が熱くなった。

心の中で「みんな、がっばって欲しい」と言葉が出てしまった。


今、これを書いているけど、ストレスはゼロ。

アドレナリンが増えたのか、かなりハイテンション。

間違えて（当家にお金は無いので）３人組の広域連続強盗犯に来られたら、思い切り、素手で対応出来そうな感じ（隣町で被害が出てしまった）。

空手（ブルース・リーの「燃えよドラゴン」は最高だった）も、ボクシング（キックボクシングもテレビでよく見ていたが、沢村さん、富山さんの大ファンだった）も、習ったりはしていないが、今でも大好きで、庭の車庫は、車ではなく、サンドバッグとパンチングボールが幅《はば》を利《き》かせている。

この原稿を書くのには、3冊の辞書が基本で、他に本や雑誌、新聞の切り抜き等も大切な友となっている。

今、愛用している国語辞書は、職場で成人のお祝い（昔は1月15日と決まっていた）で頂《いただ》いた物で、中も外もボロボロ、布テープとセロハンテープで、辛《かろ》うじて、本としての形を保《たも》っている。

表紙が消滅してしまって出版元が分からない。

でも、前書の一部が残っている。

昭和50年5月とあり、『現代実用辞典改訂新版』となっている。

付録（手紙の書き方、物の数え方、花ことば、結婚記念表、誕生石、祝日と年中行事……等）が多いのも助かった。

それと英単語もカバーしてあり、楽しく英語にも親《した》しめる。

もう1つは、三省堂の『例解新漢和辞典第三版』（２００7年10月10日第7刷）。一つ1つの字が大きくて、チェックするのに楽《らく》。全てにおいて、パーフェクトだと思っている。これは、２００8年（Ｈ20）に購入している。

それまでは、高校入学あたりから兄のお下がりを貰って使っていたが、再起不能な状態になってしまって、引退してもらった。

最後の砦《とりで》は、何と言っても『広辞苑』（岩波書店／昭和60年11月5日第三版第3刷）。私が26歳の時、法学従のスタート記念で購入（定価５８００円）している。

やっぱり、安心、宝物そのもの。


プロレスを書くのに少し古くなった本も役に立つ。

1つは、山本小鉄《こてつ》さんの『人生大学　プロレス学部』（実業之日本社　／２００8年11月11日初版第1刷）。

昭和のプロレスを知るには最高。

もう1つの宝は、ベースボール・マガジン社の「週刊プロレス」の増刊「プロレス

ラーカラー選手名鑑２０２０」（２０１９／12・15号）

「今年も収録人数１０００人超え！」と表紙にある。なかなか行けないエリアの人達の顔とプロフィールは、本当に有《あ》り難《がた》い。

そして、レフェリーとリングアナ。美人の方ばかり。

私の知っているレフェリーの人達も載っていて、本当に嬉しくなってしまう。

プロレスは「今イチ」という方々には、大変申し訳ないと思いながらも、ペン（私はＨＢの鉛筆）が進んでしまう。

この日、東京は雪になったとの事。

こっちも寒いけど雨だった（12日に八王子に行っている。道路の両脇や家の横には、雪が残っていてびっくり。先方のお母《かあ》さんは雪掻《か》きを楽しんだと言っていた）。

家内のスマホに孫娘２人が（長男は２月１日に生れた）雪遊びをしている写真が届いている。

スーパーで、今日はヨーグルトが安い上に25％引き（週２回貰える割引券で10％、なんといつもは５％のシニアサービスが10％にアップ。ここのお店のキャッシュカードを利用する事によっての5%引きの日でもあった)。

「こういう日(25%引きの日)は、日持ちする物(保存出来て、必要な物)を買わなくちゃ」

と、せっせと買っている。

あまりに数が多くて、自前のマイバッグ(プラスチックの入れ物)に入れ終わる頃に、不器用な私は、山盛りの上から鉄火巻のパックを1つ落としてしまった事があった。

「こんなに買うから、落ちてしまうんだ!」

と声を荒らげて、家内を睨《にら》んでしまった。

近くにいたレジの店員さんが、同じ中身のパックを持ってきてくれた(これは少し前の事)。

家では、家内も、負けていない。

1日1回はガチガチやっている。

若い時みたいに、グランドレスリング(いつも軽い私がホールされていた)にはいかないものの、「どっちが、離婚の用紙を貰ってくるか」でまた深みに入る。

「かわいそうだから、いてやっから」と私。

「いく所もないだろうから、置いてやっから」と家内。

いつもこれで終了する。

よく、まあ続いたと思う。


私の話は、いろんな所へ、飛んでしまってすみません。恐縮しております。

このいつものスーパーに向かう途中で、近くの本屋さんに行ってみた（家内は昨年の暮れに、左膝《ひざ》の不調があってから、運転はしないで助手席が多くなった）。

今日は、プロレス関係で何かいいのがあればと思い、生れて初めての写真集を手にしてみた。

ナイロンでカバーされていて中身は見られない。

表はリング上の猪木さん。裏は葉巻の馬場さん。

山内猛《やまうちたけし》さんの『プロレスラー　至近距離で撮り続けた50年』（新潮社）。

中の写真は全てモノクロで、１４０点。彼が厳選した１枚１枚に、年月日、場所、選手の名前、的《まと》を射《い》たコメント。

輪島大士さんの日本でのデビュー戦（１９８６年11月1日、石川・七尾市総合体育館）。相手は、タイガー・ジェット・シン。

プロレス道場（１９９０年2月6日　世田谷区の新日本プロレス道場）。なかなか見ることの出来ないエリア。

「黄金コンビ」の猪木さんと坂口征二さん。

覆面レスラーの素顔――タブーとばかり思っていた私。山田恵一さんは後に「獣神サンダー・ライガー」としても大活躍されている。

セコンドからは、若き日の鈴木みのるさんとＵＷＦの藤原さんの姿。

異種格闘技戦（１９８８年5月8日東京・有明コロシアム）。相手はドン・中矢・ニールセン。すごい1枚。

全１５８ページで、山内さんの魂《たましい》が、昭和そして平成の時代を切り撮っている。

そして18に及ぶエッセイは、プロレスとレスラーに対する熱い思いが鏤《ちりば》められている。

プロレスラーを夢見る若い人達、プロレスの記者を目指《めざ》す学生さん、カメラで生きていく決意をした人は、この1冊、ぜひ手にしてください。

大変、長くなってしまいましたので、私が一番思い出に残っている大会で最後にします。

チケットと週刊誌切抜き（年月不明の週刊プロレス。文は松川さん、カメラは落合史生さんとなっている）が残っている。

２００8年12月18日（木）後楽園ホール。
※すみませんが、敬称を略させてください。

坂口征二実行委員長が、マッチメイクをされた、昭和プロレス「第2回大会」。

後援は東京スポーツ新聞社と（株）ベースボール・マガジン社。

第1試合はヤマハブラザースの山本小鉄、星野勘太郎に対して、グレート小鹿、グレート・カブキ。

そして何と言っても、メインの初代タイガーマスクと「胃ガンに勝った」藤原喜明（セコンドはライガー）の戦い。

ライガーがタオルを入れても、藤原はそれを払ってしまうが、10分15秒。

柴田レフェリーがストップして、すさまじい男の戦いは終了している。

プロレスは最強で、最高のエンターテインメントではないだろうか。

⑰記念の日2月14日

時間も月日も、経《た》つのは速い。
お正月、節分、そしてバレンタインデーとなった。
今日のスケジュールは、２つ。
お客様対応と孫の迎え。
家内が昔から、懇意《こんい》にしている宝石屋さんが来てくれる事になっている。
少し前、近くに用があったとの事で、我が家にも顔を出してくれた。
いつも立派なというか、彼の地元の高級なお菓子等を持ってきてくれる。
前回のクッキーはアーモンド（粉）が入っていたりして、とても美味しい。
気に入った家内は、直《す》ぐそのお菓子屋さんに電話を入れて送ってもらうことになった。
大きい段ボールで届いた。

それは、出産祝いの訪問の時に役に立った。

娘にも1箱、自分の家でも今食べている。

妹が、25日に米（私が精米して20kgくらいの袋にしている）を取りに来てくれるので、その時プレゼントする予定。

みんな、美味《おい》しいと喜んでくれる。

因《ちな》みに、今回は有名店の餡《あん》この餅だった。これは、迎えに行って、家にいる2人の孫と後に合流（新しい仕事先となるかもしれない所での面接があった）した娘の計5人で、あっという間に平《たい》らげてしまった。

前回、彼が来てくれた時、私がお茶を出した。

「なんか、買えば？」と私。

すると、少しして自分の車に行って、大きな黒カバンを持ってきた。

宝石より日本酒の私は、そこにいてもしかたないので、庭の手入れをしていた。

その日、家内は、壊《こわ》れたままだったイヤリング（耳に穴は開けてはいない）とネックレスの修理を頼んだとの事。

そして何か一つ決めたとの事。

どこか（ブランド？）のをモチーフにしている物だと家内は言っているが、私には無理。

今回、彼は、こっちの用事に合わせて、午前にしてくれた。

11時に来てくれて、12時半までゆっくりしていってくれた。

今日は、話が盛り上がって、私もずっといる事になった。

私が茶の間のテーブル（火燵は隣の8畳に移動した）で対応していたので、家内は昼食作りが出来た。

家で作った餅をフライパンで焼い（油で）て、それに大根卸し。

味付けは、ダシ醤油。デザートは、安かった訳あり林檎。でも美味しい。

いろいろ話していると、彼は群馬や栃木、千葉の方も回るとの事。

そして、決まった宿があるという。

地元のお店（工房等）は、奥さんと娘さん2人が手伝ってくれているとの事。

何とも羨《うらや》ましい限り。

「もう左団扇《うちわ》でいいんじゃないですか」

「いやいや、そうはいかないですよ」

とニコニコしている。

商売をしている人の笑顔は、とても温かくて柔《やわ》らかくて、親身《しんみ》になれる。

私なんかは、薬を飲んでも、絶対に無理。

今年の秋に還暦を迎える（との事、家内が聞いている）彼は、まだまだ、走り回りたいのだろう。

私の出版の計画の話も、きちんと聞いてくれた。

何人かの人に、この話（成り行きでなってしまった時）をすると、みんな、

「すごいですね」

「小説ですか」

「作家デビューですね！」

そんなに、本を出す事が？　とこっちが逆に参ってしまう。

「サインの練習しなくちゃだめですね」

「サインした本を、くださいね」

と次男のワイフ（この人もよく出来た人で、安心出来る。とても嬉しい）

私は書くのが遅いので、担当のＩさん（出版企画部）から、２回目のコピーが届い

たとの電話を頂《いただ》いた時に、あえて締切りを作ってもらった。

「じゃ、３月の下旬、末にしましょうか」

となった。

大好きなプロレスを書き始めた時だったし、テンションが上がってきた。

こんな、私でも「やる気」になる事もある様だ。

２月１日に（電話が来て）出版契約に進み、直《す》ぐ、契約書が届き（３日）、次の日、貰ってあるレターパックライトで郵送している。

２月６日。

午前は「令和４年度　茨城県地域介護ヘルパー養成講座」の２回目（２月１日が初日）の講習を受けたので午後になった。

メイン銀行のT支店。

ベテランの行員が、手取り足取りの感じで、私の通帳（郵便局の定額を下ろして、入れてあったので少し残高はある）からの送金（３回の内の１回分の〇〇万円）を手伝ってくれた。

「ごぢゃっぺ」（この言葉は、会津でも東京でも聞いた事は無かった。こっちに来たばかりの頃は、まったく分からなかった。私は、この言葉を、地域限定共通語の1つに認定している）そのものの私に、その男性は、ボランティア精神たっぷりながらも、淡淡と業務を遂行していた。

宝石屋さんは大サービスで、最近、仲間の石屋さんから手に入れたという、今はなかなか出ないという石（カットはしてある）を見せてくれた。

3つの小さなケースには、米粒サイズの緑色の透明感溢《あふ》れる宝が光を放《はな》っている。そのケースの底というか裏には、小さな数字の値段《ねだん》のシールが貼ってある。〇十万、〇十万円とある。私達に、売ろうとする考えはなく、やっぱり見せたかった様だ。

いろいろ書き始めると、場合によっては、了解してもらっておいた方がいいんじゃないかという場面も出てくる。

介護の研修の事も、それなりに「書きたいと思っております」、「個人情報やプライバシー等十分気をつけますので」と進めると、反対する人はいない。逆に応援してくれる様な、気持ちが見える事もある。

夢を売っている彼。リップサービスと分かっていても、私は嬉しい。

秋に実現（本になったら）したら、家内と2人で、伊勢に行ってみたいと思う。

家内には前々から、

「伊勢を案内しますから」

と約束してくれているとの事だった。

家内が頼んだイヤリングとネックレス。

特にネックレスは、少し手を入れてくれたとの事だったが、新品の様になっている。

そして、鑑定書付きの新品のネックレスは、私が見ても、スタイル、石（ダイヤ）、デザインは最高に見えた。

このエッセイ集に、私の気に入った写真や今回のネックレスの（手描きの）絵も入れたかったが、これ以上、お金は無理（切りが無いので）なので、残念だが諦《あきら》めている。

昨年から、ありとあらゆる物の値段が上がっている。

出版費用も十数万上がったとの事。私はソフトカバーにした。

ハードだと大台を超えてしまう。

今回の素的《すてき》なネックレス。

私が買ったのでも、選んだのでもないけど、私からのプレゼントの様にも思えてしまう。いろいろ、苦労を掛けてしまった家内。

まだ先だし、どうなるか、分からないけれど、かなり早目の出版記念の品にしたいと思っている。

⑱もう一度介護？

昨年の12月に入ったあたりと思う。

朝、トイレに入っていた家内からの声が聞こえた（私を呼ぶいつもの元気のある声ではなかった）。

何事かと思って行ってみると、（家の中の洋式トイレで）左膝《ひざ》が痛くて、力が入らなくて、立てなくなってしまったと言っている。

「どうしよう？」

「ああ、踏台を持ってくるよ」

家内は左手でそれを摑《つか》むと、少しずつ前に進む努力をしている。

少ししてから、私が入り、ようやくトイレの外に出られた家内は、両手を使って、数メートル先の火燵（茶の間）まで、這《は》う様にして進んで行った（なにしろ重い）。

幸い、少し横になっていたら、少しずつ歩ける様になった。

2月に入ってから、2人での散歩をまたする様になった。

人と逢う事の少ない（やはり63歳の男が仕事もせず、ブラブラしてる様に見られるのも嫌《いや》だったし、コロナも完全にゼロではない）お昼頃に出発している（このあたりから、少しずつ暖かくなってくる）。

人によっては、万歩計なる物を利用するらしい。家内は、いくら（時間）散歩したかが重要な様で、出発の時間を必ず私に確認させてからの出発となる。

我々は、普段は腕時計をしていない。スマホやガラケーも肌身《はだみ》離《はな》さず持っているという事もない。

茶の間の柱時計が、我々にとって一番の友。彼女は帰ってくると、その友で、得意の計算能力を発揮して、1時間と何分だったとか始める（家内は、若い時、算盤《そろばん》をやっていて、1級までは続けたとの事。確かに写真付きの有り難い額入りの紙を見た事がある）。

家内は、前々から、介護施設には絶対行かないと宣言している。

今時、子供達に頼るわけにはいかない。

何しろ、厄介《やっかい》な人物だから、施設で、上手《うま》くやっていける筈《はず》がない。

自分が看《み》るしかないと決めている。

私は逆に、

「いつでもいいから、入るのは、まったく気にならないからね」

と言っている。

正直な所、ポックリとあの世に行けたら、最高なのだろうし、私自身がそうなる事を強く願っている（今日、明日でもと思う）。

けれど、お迎えに来て頂《いただ》ける気配《けはい》は、まったく感じない。

少なくとも家では、自分の考えや方針は絶対。

正《まさ》に、独裁者。

番犬の私は、為《な》す術《すべ》もない。

何日かして（トイレ事変《じへん》から）回覧板が届いた。

ここの家は、スタート点なので、区長さん（1年ごとの輪番制。私は、何年か前に受けている）の家の奥さん（この1年は）が持って来てくれる。

「ポストで、いいですよ」

とは言ってあるのに。

真面目《まじめ》で、人情味たっぷりの彼女は、いつも（我々の留守の時以外は）玄関で声を掛けてくれる。

いつも、心が温かくなる。

月1回の広報（町の）やA4サイズのお知らせ等が入っている。

各家で1枚、貰ってよいものもある。

どんなに忙《いそが》しくても、一応のチェックはする。

そして、いつもの次の家に、これを持って行く。これらの繰返《くりかえ》しとなっている。

目に入ったのは、ウグイス色のA4。

「茨城県地域介護ヘルパー養成講座」

受講生を募集している。

受講対象者は〇〇町在住の中学生以上の方（全課程出席出来る方）、受講料無料、募集人数20名（申込多数の場合は事務局で選考させて頂きます）となっている。

この12月の頃は、のんびり原稿を楽しみながら書いていて、150枚になったら、また連絡すればいいと思っていたので、ダメもとで養成講座に応募してみた。

年が新しくなり、鏡開きや蔵開きが終わった13日に郵便が届いた。

参加が決定となった。

7回（7日）の内、2月17日（金）の消防署（救命の知識と技術・午前の3時間）以外は福祉センターとなっていた点も、申込みの決定に大きく作用している。

なんといっても近い。家から車で数分。

2月1日は、私の再出発の日となった。9時45分から開講式。県の人も来ている。

サービス提供の基本視点、介護概論、そしてお昼の1時間。

私は、近いので家に帰ってもいいと思っていたが、この日弁当を持って行った。

みんな弁当を持って来ていて、講師の先生も教室（というより、小さな研修室）にいてくださり、いろいろな雑談にも入れた。

午後は15時20分まで。利用者の理解、ボランティア概論など。

先生は、50年前に都内からこちら（県南）に来られたとの事。

限られた時間の中で、実務の大切な点をわかりやすく講義してくださる。

今回、5人（女性2人、男性3人）に配布されたテキストは、「介護の基本テキストはじめて学ぶ介護」（第2版／2019年1月23日第2版第1刷）というもの。

編著は内田千恵子さん。

発行所は、株式会社日本医療企画となっている。

表紙には「介護初学者　家族介護　介護ボランティア向け」と書いてある。

今日（17日金曜日）の消防署では、自己紹介や「何故《なぜ》この講座の受講を希望したか？」はなかった。

これ以外4回あったが、必ず、これから入っている。

先生はヘルパーからこの業界に入られて、学校での講師（15年）もされて、今、施設長との事。

テキストは席順に5人で少しずつ読む事に。

更《さら》にロープレも1人1人やる事に。

これは、リアルだった。

先生が問題のある女性役。

我々は訪問した人間という設定。

「あなた、私のサイフを取ったでしょ！」

「え！　私は今来たばかりで、ここは玄関ですよ」

「だって、無いのよ」

「あなたが取ったに決まっている！」

1人の女性が合格点だった。

席の近い（1つ年上の男性）Mさんも私も、なかなか冷静な対応は難しい様だ。

先生の解答。

先《ま》ず、落ち着いて、

「それじゃあ、一緒に探《さが》してみましょうね」

「あれ、これは、そのサイフじゃないの」

ここで大切なのは、このサイフを手に取って見せないで、指さす事。

ここで、サイフを手に取って見せると、

「やっぱり、あなたが取ったんじゃない！」

と、なってしまうらしい。


ヘルパーの仕事をしていると、いろいろな場面があるとの事。

訪問先の家で相手が倒れていたり。アクシデントがあったと思える場合は、1人で家に入らないで職場に電話をする、お隣さんにも協力を求める、場合によっては110番も必要との事。

職場に電話を入れれば、アドバイスも貰えるし、次の訪問先に迷惑が及《およ》ぶ事が無くなる。

この1日目のS先生（女性）は、いろいろ教えてくれた。

ヘルパーで、相手の家に入る時、自分のバッグはビニール製で中身の見える物を使う。このバッグは、入ったら直ぐ玄関に置いて、家の中（部屋の中）には持っていかない。

私がノートにイラストを描くくらい大切と思ったのが、杖《つえ》。

年配の人は、手から離れて、倒れた杖を取ろうとして、転倒。骨折する事もあるとの事。

下の方が4本足の杖の場合、安定していて、杖は倒れないし、使用中も安定している（私は使用している人を一度見ている）と思う（テキストには多点杖と書いてある）。

S先生は、

「このテキストは読んでおいてください」

20日月曜日に、もう一度お逢いしますとの事だった。

2回目は2月6日月曜日。

今回は、午前のみだが、「医学の基礎知識」「心理面への援助方法」と、こちらもレベルが高い。

やはりベテランのO先生は、分かりやすいレジュメを作ってきてくださった。

先生は、ケアマネとしても、看護師（女性）としても活躍されているのを知っている。

3回目は2月8日水曜日

今日の先生は男性だった。H先生。

介護福祉士として、今は施設の長をされているとの事。

今回のテーマは、「福祉の制度サービス」、「共感的理解と基本的態度の形成」。

先生は、町から出ている冊子2冊を、用意してくださった。

「みんなのあんしん　令和3年4月制度改正　対応版　介護保険　わかりやすい利用の手引き」

「2022年改定保存版　○○町　認知症&高齢者ガイドブック」

この2冊を中心に分かりやすく、説明して頂いた（今回も午前）。


2月13日月曜日（午前）。

今回で4回目となって、我々5人は、仲良しのクラスメイトみたいになっている。

今日の先生（女性）も介護福祉士として、活躍されている（みんな20年以上）。

今回のテーマは「家事援助の方法①②③」。

多くのレジュメやベッドメーキングの実習の為の用品等（実験用の食の材量も）を用意して頂いた。

今までの中で、今日のY先生が一番楽しんでいる感じだった。

私達の遣《や》り取《と》り等がずいぶん「受《う》け」ていた様で、先生はよく笑っていた。

「先生みたいに若くて素的《すてき》な人が多いですか」と私。

「何も出ませんよ」とニコニコしている。

私には先生が、美容院に行ってこの日を迎えた様に思えた。

指のリングも光っている。

「本が出来たら○○園に持って来てくださいね」

と、リップサービスも十分だった。


2月17日金曜日。

クラスメイトのMさんが来ていない。

事務の人の声が聞こえる。

なんでも他県での仕事が遅くなり、今、こっちに向かっているとの事。

あまり遅くならないで現れた。

「良かった」

講師は、「救急救命士」の若い方。

ビデオと実技。

AEDの使い方、胸骨圧迫（心臓マッサージ）、止血法、その他いろいろ。

消防署内は、上履《うわば》きが不要でびっくり。

でも床もいろんなエリアもとても綺麗《きれい》。

担当の若い人は、すごく、真面目《まじめ》でとにかく一生懸命。

我々が帰ってお昼休みになったら、倒れてしまうのではと、私には思える程だった。

「本当にありがとうございました」

「我々、5人もがんばります」


今日の「救命講習」が始まる前に、担当のMさんは、1人1人に、フルネームの漢字が（A4の文書の）間違《まちが》っていないか、聞いている。

なにか、貰えるらしい。

今日は、無理だった様で、後2回（残りの科目）となったが、その時に頂《いただ》ける様だ。

1月13日に届いた文書の中の注意事項の一つに、（1）修了証明書はカリキュラムを全て終了したと認定された場合に、交付されます（全過程出席必須）――とあった。

レジュメを作ってくださった先生が、「6人と聞いてたけど」と言っていた。

どうも、この講座というか研修への決定者は6人だった様だ。

開講が近づく中、７回の内、どれか出席が難しくなって、今回は断念されたのかもしれない。

この修了証明書は、どのくらいの価値があるのか、効力があるのか分からない。

自分は、会社人間（組織）を卒業して、もう少しで丸３年（３月で）となる。

フリーとなって、心の余裕が少し出て来ると、今まで見えなかったものが少しずつ見えて来る様になった。

自分のエリア（住んでいる地域）には空き家が増えている。

一人暮らしの高齢者、子供が県外で独立して老夫婦だけの家も割と見うけられる。

シニアの世界で、63歳の私なんかは、年少どころか雛《ひよこ》そのもの。

難しい仕事や大きな仕事は無理だけど、１人でもやれる「便利屋さん」に対する思いは強くそして熱くなってきている。

電球や蛍光灯を取り換えたり、庭の木の枝下《お》ろしや犬の散歩の代行、食品やちょっとした生活用品の買物、いろいろとある。小さな事ばかりだけど、これが大切に思える。きちんとした会社にしなくても、ボランティア（雑収入）が自分には気楽かもしれない。今回の介護の勉強や実習は、いろんな形で私にも役に立つ点（メリット）が多いと思う。いつか、便利屋さんの仕事をフィクションの形で書いてみたいとも思ってしまう。

2月20日（月）。

早いもので受講も6回目となった。

2月1日（水）の第1回から約3週間。2月に入って、エッセイ集の原稿をそれなりの速さで進めたり、出産祝いで東京に2回行ったりと、いつもの月（今までより）とはまったく緊張感が違う。

センターの駐車場は、奥の方の職員さん達が止めているエリアと玄関近く（4台OKの）の駐車場。

最初の頃、一番近くから来ている私が、その特等のパーキングに停めていた。

そこはやはり、遠くから来る（女性2人）仲間や講師の方、そして年輩（男性3人の中で一番年上の人）の方が使用すべきだった。

私は、何でもそうだが、本当に気がつくのが遅い。

4回目あたりからは、奥のスペースに車を置く様にしている。

今日は、第1回目と同じS先生で、テーマは「介護技術入門」。

なんとか、22日（水）に5人揃《そろ》っての閉講式（修了式）にしたいと思って、健康管理には万全を期した。

センターの玄関を上って直《す》ぐに、顔（額《ひたい》？）で体温を測る機械がある。強制では無いと思うが、気の弱い私は無視出来なくて、恐る恐る近づく。

「正常体温です」の音声。36・2の表示。これは、毎回ハラハラしていた。

万に一つ高かったら、その日受講出来なくなって今までのがゼロになったら、もう生きていけない。それくらい、チームの4人を戦友と思っている（私だけかもしれない）。

いつもは、筆記用具とテキスト、飲み物くらいだったが、今日は多い。

上履《うわば》き、歯ブラシ、コップ、フェイスタオルまたはバンダナ、パジャマ（前あきボタンタイプ・被るタイプ・ズボン）となっている。

そして何故《なぜ》か（?）、今日はお弁当が出るとなっている。

前から、今日は実技と分かっていた。

センターに職員さん（担当の方も）はいるけど、何か手伝える様だったらと思って、早く家を出た。

開館時間の8時30分前には施設内には入らない方がいいと思い（公務所なので）、少し待つ事にして、玄関近くの（4台分の）パーキングを見ていると1台の車が入ってきた。

近づくとS先生。少ししてKさん（女性）だった。

「お早ようございます」と私。

「どうも、先生、今回もお願いします」

「ずいぶん早いですね」と先生。

「いやー、実習と分かっていたんで、何か、私でも手伝えればと思ったんですよ」

先生は、3個くらいの紙袋（手提《てさ》げ）を持って来ているが、重くはなさそうだった（後で分かる事になる。中身は大きなパッドや2種類のオムツだった）。

ここで、合流（特等のパーキングで）した女性のKさん。

「すごいなー、うちの人なんて、そんなに動かないよ」

「いえ、いえ」

「軽いんで」と私。

「○○さんの○○の○○を飲ませたいくらい」

彼女は、４人のメンバーに、今までの回で、キャラメル、チョコレートのお八《や》つを配《くば》ってくれた。

これは、研修の場の空気を温かくしてくれた。

この日の帰りには、さつま芋を２本ずつ頂いている。

「近所の人から、いっぱい貰ったんで、どうぞ」

今回も、無事に５人揃《そろ》った。

今までも、ギリギリに来る人はいない。大抵《たいてい》20分前にはみんな来ていて、少し早目に始まる日も少なくなかった。

お昼休みは、６人で（同じ仕出し弁当だったが、とても美味しくて、嬉しかった）食べて、また話が盛り上がった。

もう１人の男性のＫさん（一番人生を長く歩いてこられた方）、１回目（初日は各自のお弁当、食べ物だった）の昼休みは、本を読んでおられた。

そして男性のMさん（私より1つ上）。

「〇〇さんと俺の話（研修中の遣《や》り取《と》り）は、まるで、漫才だね」

と笑っている。

外での仕事がメインとの事で、それで、精悍《せいかん》なマスクが日焼けしていると思っていたら、ゴルフだった。

ゴルフはS先生も旦那さんと楽しんでいて長いとの事。

私がMさんに、

「結構、飛ぶでしょう？」

「ん、飛ぶよ」

「いいですね」と私。

「今度、打《う》ちっぱなしに行こうよ」と彼。

少ししてから、今度は、S先生の若い時（大学を出た後。教員だった父は、彼女を同じ道に行かせたかったとの事である）の話になった。

不登校になった子供達の面倒をみた時期があったという。

でも、その子供達はそれぞれが大学に進み、県庁に入ったり、大学院での研究をしているとの事。

この不登校の話で、年輩のKさんが話し始めた。

講義の中での質問はよくされていたが、雑談は少なかった。

彼は、大学で「文学」を教えていた教員だった。

みんな、「えー」「すごい」となった。

なんでも、ゼミの1人の学生さんは、無遅刻無欠席で、提出物も十分だったので成績は一番上の○○を付けたとの事。

ある時、先生方の集まりで、その学生さんの話になった。

なんと、その彼は、他の先生方の講座（講義）に1回も出席していないと聞かされたという。

「未だに、なんで俺の所だけに来たのか分からないんだなあ」とKさん。

その後も、今と昔の「イジメ」や、今の保護者のスタンス等の話になった。

S先生の実践実習は、熱が入っている。

「トイレに行く人は、講義中でも構わないから、そっと抜けていいですからね」

（休憩というワードが、消えてしまう様な1日でもあった）

何故《なぜ》か、私はモデル（教材の一部）になる事が多かった（確かに、背も低い。165cm。もう2センチは減っているかも、そして体重も54kg）。

ベッドに寝かされた私。

先生は、大形パッドを私の開いた股間《こかん》に当てると、私に近づいて、オムツパッドの上（両端）を持って左右に（続けて）捩《ねじ》り上げていった。

「ギャザーのあたりがしっかり入って行くでしょ。これだと漏《も》れにくいのよ」

パッドタイプのオムツも、広げると割と大きい。

妙な具合になってる私に、

「もっと腰を上げて」

「はい、横向いて」

「もう少しね」

とかで進む。

「○○さんは、体、硬《かた》いねえ」

「入所の人達だって、こんなに硬くないよ」

「はい、天下一品ですから」と私。

これを見ていた、男性のMさん。

「○○さん、その姿（黒の運動ズボンの上に、白のオムツ）で、このセンターの周り、走って来たら」と笑っている。

「だめだめ、110番されてしまうから」

漸《ようや》く、解放《かいほう》された私は、今度は見る方だと思うと、少しホッとした。

「じゃ、次は○○さん（女性のMさん）、いいですか。寝てください」

「それで、やってもらうのは、○○さん（私）にしましょう」

なにしろ、若い女性がベッドに仰向《あおむ》けに寝ていて、目を瞑《つむ》っている姿。

これは大変。

参ってしまった。

なんでも、介護の現場は男女関係無く、仕事として進んで行くとの事。

確かに私は、家内の母のオムツも（偶《たま》に下着も）交換している。

入浴は、デイサービスやショートステイの時にやって頂いて、大変助かった思い出がある。

その時は、思っていた以上に、抵抗（自分の心が）が少なく、自然に入れた。

逆に、その事の方が不思議に思えた。

私の窮極《きゅうきょく》のピンチに、Kさん（女性）が手を差し伸《の》べてくれた。

「いや〜、これは、ちょっと、女性の方がいいでしょう〜」

すっと、彼女は担当を代わってくれた。

あっという間の6時間だった。

お昼のお弁当を使って、視覚障害（2人1組で、1人はタオル等で目隠《めかく》し）のある方に、食事をする前に内容を説明する為の「クロックポジション（時計の文字盤にたとえて位置を説明する）の実践。

6人全員、口（4分の1くらい）にキズテープを貼った。

利き手《きて》の反対の方の手を使っての食事（これは右半身に麻痺《まひ》が残っているという想定）の実験も。

「皆さん、全部食べては、ダメですよ」

「もう少ししたら、1時間のお昼にします」

「その時に、食べましょう」

その6個の弁当は、午前11時半には届いていた。

先生の、この1時間以外は、少しでも多くの事を教えたいという気持ちが、我々にもビシビシ伝わってきた。


2月22日水曜日（最終日の7回目）。

前の予定では、9時半から13時半となっていて、科目としては「実習（ビデオ学習）」そして閉講式となっている。

少し前の回から、9時半から10時半の1時間に変更《へんこう》になると説明を受けていた。

この講座も3年振《ぶ》りだった（H先生の話）との事。

前には、夏休みの時期に行った事もあって、中学生も参加していたらしい。

今回、やはりコロナの関係で、施設での実習が中止となり、ビデオの40分のみとなってしまった。

ビデオの内容は、現役のヘルパーさん達の生の声だった。

やはり、女性が多い。

でも、男の人も1人コメントしていた。

意外に思えたのは、若い女性だった。20代くらい。おじいちゃん、おばあちゃん子で育った。違う専門の勉強をしていたが、方向転換したとの事。ただ、彼女にとって、セクハラ（に近い）と思える事もあったと話していた。

ビデオの中で、「若い男性も入って欲しい」という先生のコメントもあった。その理由は「職場が明るくなる」という事だった。

今の世の中、いろんな仕事がある。

みんな、それぞれが、自分の仕事を大切にして、責任を持って日々生活している。


今回、5人揃《そろ》って、「修了証明書」を社会福祉協議会の局長さんから直接頂《いただ》く事が出来た。

私は今までの人生で、「修了証明書」を何枚か手にしているが、今回の「修了証明書」（A4用紙と携帯用サイズの2枚）に、一番の重みと責任の重さを感じている。

⑲命日にお焦《こ》げ御飯

今日は、朝4時に床から出ることが出来た。

いつもは、カフェオレで頭をウォームアップしてから、神棚《かみだな》の水（コップ）や仏様のお茶（水も）の交換から1日が始まる。

家の外（奥の左）にある氏神様にも、毎日（朝と夕）行っている（ここもコップの水を新しくして、1日の無事を願っている。そして夕方、お礼に行っている）。

力を入れているこの原稿。昨日の時点で、100枚に達している。コピーは、家から一番近いコンビニに決めている。

やはり、早朝に行く様にしている。日中だと仕事でのコピーを取る人もいると思うので、空いている時間と決めている。

今回は37枚（B4の白黒）で370円。コピーの利用だけで店を出てもいいと思うけど、今日は読売新聞（150円）を買って出た。

読売新聞は、40年以上購読している。やっぱり読みやすいし、エッセイの種（切《き》っ掛《か》け）になる記事等もあったりする。

そして、家内も日曜版が大好き。

私は、1週間分の番組表（家内はテレビでチェックしているが、録画も含め、覚えようとはまったく思わない）が一番有り難い（番組の種類をマーカーで色分けしてあり、チェックしやすい。「おすすめシネマ」は、カラーの写真と分かりやすいコメントがいい）。

そして、なんと言っても、「旅を旅して」のスケールの大きな写真。

本年2月5日の波照間島《はてるま》（沖縄県）（写真は鷹見安浩さん）がすごい（文は森恭彦さん）。

山と川しか無い所で生まれ育った自分にとって、南の島は正《まさ》にパラダイス。

チャンスがあったら、1週間は島と島を渡りたいと昔からの夢。

家内は、クロスワードと数独を楽しみにしている。

数独は未だにピンと来ないが、クロスワードで家内が分からない時に応援している。

そして、私の大きな役目は、葉書で応募する事。

切手の（葉書）額面が50円（昔、家内は記念切手や特別な葉書等を買っている。切手は子供達に送る米の郵送料金額分それを計算しながら、ペタリペタリと段ボールに貼っている）の古い葉書もずいぶん利用して（今はゼロ）いる。

10円切手と1円切手（新しくなったのをシートで買うとシール式でとても楽《らく》で便利）で63円にしてから住所を書く。

古い葉書が無くなった今は、静岡のお茶屋さんで注文した品物に入っている数枚（茶娘《ちゃこ》ちゃん、玄《げん》ちゃん、ゴロちゃん）の絵葉書を大切に利用している。

これに、昨年の12月14日木曜日に発売になった「おいしいにっぽんシリーズ〈第4集〉を使用する（63円×10種全10枚）。

これもシール式で便利。

今回の新作切手は金沢のおいしいものを取《と》り扱《あつか》っている。

やっぱり、楽しい葉書だと当たるかも。

けれど、3千円の「猫ピッチャー　オリジナルクオカード」は当たっていない。

それから私は、「ポケモンとまなぼう　熟語大百科」、「第〇〇回どれかなクイズ」の大ファン。これは、面白《おもしろ》い。

こちらは1回頂いている。2人の孫が来ている時だった（昨年）。ポストに入らない大きさ（家のポストは、庭の入口に置いてある。決して小さくはないが、このステンレスの箱は、何度かの不幸な衝撃《しょうげき》の過去があって、全体が歪《ゆが》んでいて後ろの扉《とびら》を開けるのに「コツ」がいる）だった。

「〇〇さん〜」

「ポスト壊《こわ》れてんじゃない」

「後ろ、開かないよ」

と言ってそのプレゼントの郵便物を持って来てくれた（私達3人は庭で、その時遊んでいた）。

上の女の子は、家の中にその箱を持って行ってくれた。

少しして行ってみると、その子は箱の中身をじっと見ていた。

ここ、10年ずっと続けて（２０１４年〈平成26年〉から）、T書店のデスクダイアリーを愛用している。

毎年、９月の上旬を楽しみにしていて、毎日の様にこの1冊を手にするまで、本屋さんに顔を出している。

２０１４年版は少し小さいが、その後は同じ大きさで続いている（私の宝物、そして人生の一部になっている）。

兎《と》に角《かく》、企画が豊富。

毎年、1冊を決めるのに、時間を用する事が多かった。

続いている企画も多い。２０１４年は、Ａｇｅ、Ｃｈａｒｔ、和暦、西暦、年齢、干支など。「Telephone List」には、暮らしの便利ダイヤル、空港総合案内、ＪＲ駅構内での忘れ物、地下鉄での忘れ物、電話相談・問い合わせ、宅配サービス、各種情報　災害用伝言ダイヤル〈プッシュ式電話を利用の場合〉など。

２０１５年版になると、常用漢字表、度量衡換算早見表（長さ、面積、体積、容積、質量、メートル法換算要領、華氏／摂氏温度換算早見表）、日本地図など。

名前は、デスクダイアリーだが、仕事先（カバンやリュックサックの中に）にも持って行って利用していた。

今の人達は、スマホやノートパソコンに予定等を入れているかもしれないが、私はやっぱり紙にボーペンや鉛筆がしっくりくる。

２０１６年版は、印紙税額一覧表。

２０１７年版は、慶弔・お見舞いの贈答一覧。そして便利だったのが、郵便料金表。と、こんな感じ。

そして、昨年の２０２２年版には、歴史年表（日本史と世界史が同時に進んでいる）。この次に１つのページ（今まで別の１枚の年もあった）での地下鉄路線図（東京・大阪・名古屋）。

なんと言っても、よく（回数）見ていた世界地図。

この年（と言っても昨年）の2月には、ロシアによるウクライナへの軍事侵攻が勃《ぼっ》発《ぱつ》。これに対してのEUの各国そして、北欧の国々の動き等のニュース（私は、BS1の朝5時からの「世界のニュース」、続いて6時からの「ワールドニュース」を見ている。幸いこの時間、家内はまだ布団の中（安心して見ることが出来る）で、出てくる国を地図上でチェックする事も多かった。

読売新聞の日曜版にあったポケモンの「第〇回どれかなクイズ」のことがデスクダイアリーに残っている。毎週、本当に楽しく見ていて、必ず葉書を出していた。それには少し、コメントを入れている。

いつも楽しんでいます。今、私の仕事は3歳の男の子のお守《も》りを家内と2人でする事です。上の女の子（5歳）は幼稚園が終わると、娘（35歳）の車でよく遊びに来ます。

と、こんな感じ。

少しして（3月4日の金曜日）プレゼントが届いた。

新学期シリーズ2022
おなまえシリーズ
かきかたえんぴつ2B（4本入り）
おどうぐ箱

これらには、ポケモンと彼の仲間がいっぱい。本当に、孫（女の子はポケモンが大好きだったので）は嬉しかったと思います。

コンビニ（このコピーと朝刊）から帰って来たのが（朝の）6時少し前。やっぱり家内はまだ寝ている。

少し前、家内がサントリーのウイスキーを買って来てくれた。

今までは、秋田の日本酒の4合ビンを2日分としていた。

ここずっとペンギン（2合）を利用してきたが、ウイスキーをダブルのロックにして、ゆっくり時を楽しむ前に、ガラスのコップ（1合くらい）1つの日本酒というパターンになった。

前と同じく、あっという間に、私はバタンキュー。

家内は、私が深い仮眠の中にいる時、台所の方の仕事をしてくれている（ので朝は少々遅くなってしまう）。

台所に行ってみると、モチ米が「ひやしてある」（家内は、こう言っている。一晩《ひとばん》水に、研《と》いだモチ米を漬《つ》けおく）。

少し大きい鍋が2つ。

さて、電気釜に自分のを（私は八分搗《はちぶづ》きを2合半プラス、自分の機械で調整した一《いち》分搗《ぶ》きを1カップと決めている）入れる為に、蓋《ふた》を開けると、ここにも「モチ米」が入っている（少しして家内に聞くと、いつものお米との事だった。そのコシヒカリが私には「マンゲツモチ」に見えていた）。

仕方無《しかたな》く、「時計型」の薪《まき》ストーブを米蔵から出して、寒い庭での炊飯（2月18日）となった（私は白い御飯の方が好き）。

小枝や杉（の葉？）は、少しずつ拾って溜《た》めてあったので、十分のエネルギーだった。小《こ》まめに、杓文字《しゃもじ》か菜箸《さいばし》で鍋の底をチェックすれば良かったのに、手を抜いたので「お焦げ」になってしまった。

でも幸いにも、鍋は少し黒くなったくらいで済んでいる。

先代（初代は新宅としてこの地での生活を始めているが、途中で夫との縁が終わっている。夫の方が自分の家の方に戻ったらしい）は女性1人と子供2人になってしまっている。我々は4代目。

自分達が年を重《かさ》ねると、同じくらい、周りの人の命日が発生する。

今日18日は初代の上さんの〇〇さんの命日。

「いつも、心配ばかり掛けてすみません」

「いつもケンカになってしまいますが、悪いのは大抵《たいてい》私ですので、今後は気をつけますね」

「今日は、お焦げ御飯ですみません」

少し太い枝も入れたので、火は残っていた。

このブリキのストーブのお湯は、最高の湯タンポ（1個）になった。


私は、第六感や霊感の強い人の存在、神様の加護《かご》も信じている。

御先祖様の努力を思い、日々、感謝の念があれば、大きく道を外《はず》す事は無いと思う。

この方面の本（私の持っている物）で多いのは、宜保愛子《ぎぼあいこ》さんの本。

30年くらい前の本だが、5冊ある。偶《たま》に読んでみると、今でも自分にとって大切な物（事）が必要だと思う事も多い。

何年か前は、下ヨシ子さんの本も手に入った（書店で）。

過去は変えられないけれど、今、そして未来は作る事が可能と思う。私みたいな人間でも、少しでも上を見ながら生きていかなければと思う。

⑳ボツになった投稿

「よみうり時事川柳」にも投稿した事もあった。

投書のコーナーの「気流」の今日のテーマは「カップ麺」だった。

いつも今後のテーマ（※4日前必着）となっていて、記念品（3月5日）、震災から12年（12日）、日記（19日）、転勤（26日）などだった。

私が投稿したのは、昨年の9月4日（日曜日）にあった「ローカル線」（11日）。「コロナ禍で厳しい経営が続くローカル線への意見や提言を」と添えてあった。

もう書くしかないと思った。枚数的には問題無かったが、締切《しめき》りが近い。万に一つ採用になって活字になった時に、何か間違っていたら大変。

テレビで見ていて、10月1日に、11年振《ぶ》りに全線で再開というのは聞いていた様に思ったが、念の為、本屋さんへ（5日）。会津方面のガイドブックを見つけた。その本には、ＪＲ東日本の問合せ先が出ていた。

郵送する原稿は勿論《もちろん》の事、住所や速達分の切手まで貼った。

郵便番号の上には、赤のボールペンで線を引いて、速達と書いておいた。

家に帰る前に、本局（集配局）前のコンビニにある公衆電話を使う事に（テレカで）。

自分のガラケーは、５分を超えると、どのぐらいか分からないが料金が発生する。

これを家内はいつも警戒している。前に１度（私が掛けた通話で）５分を超えた時があった（家内は料金の明細をチェックしていた。これはかなり前だったが、正《まさ》に、猛《もう》禽類《きんるい》の眼光《がんこう》）。

「５分を超えそうだったら、兎《と》に角《かく》一度切るんだよ」

「それから、また掛ければいいんだから」

「分かった！」

私は「くどかれて」しまった。

家内も私も、「地域限定共通語（話し方も）」は、あまり使わない。

私の場合は、特に微妙《びみょう》なニュアンスを理解《りかい》していないし、ネイティブな発音が出来ていない。

ただ、家内に「受《う》ける事」もあるので、偶《たま》に活用してはいる。

ＪＲ東日本の受付（9月5日の夕方4時あたりの通話で）は若い女性の様だ。

「いつも、お世話になっています」と私。

「すみませんが、少し教えて頂けますか」

「はい」（とても温かい感じ）

「少し、書いて、今出すところなんです。ただ、ちょっと書いたのが違っているとマズイと思って、電話しています」

「マスコミの方ですか？」

「マスコミの方でしたら、広報になります」

「いえ、いえ、まったく売れてない一般の人間です。大丈夫ですか？　少し前に、テレビで見たんですが、ＪＲ只見線が10月の1日に全線で再開すると知ったんですが、念の為と思って、今、掛けてます。それで、すみません。その1日の運行というのは決まってますか？」

「はい、確かに、10月1日からの運行となっています」

「いや〜、本当にすみません。安心しました。早速《さっそく》郵送します。助《たす》かりました。電話終わりにしますね」

9月11日（日曜日）まで、いろんな事を考えていた。

日本は小さい国かもしれないが、回ってみると（若い時の東北一周や北海道一周でも感じたが、広いし、いい所も多かった）、本当に大きく無限のパワーを感じた。

ローカル線というのも、数多いと思う。その中で、JR只見線の事を拾《ひろ》ってくれるだろうか？

そもそも、私の稚拙《ちせつ》な原稿用紙は、燃えるゴミかシュレッダーへ直行と思ってしまう。

それでも11日は、もう自分の書いた物が、どうのこうのでなく、この開通の事が、取り上げられているかが問題だった。

買った朝刊を軽トラの運転席で開《ひら》くという事は先《ま》ず無かった。

いつも、早く帰って家内に渡したかったので、寄《よ》り道《みち》さえしていない。

でも、今日は、パラリパラリと手が動いてしまった。昔、結婚前、月刊自家用車のページを捲《めく》っている自分が、今ここにある（いる）。

載っていたのは、福島県在住の、私より一回《ひとまわ》り上の男性の書いた物だった。思い出やきちんと調べたと思える内容は、私の書いた物よりずっと上だった。しかし、11年振りの全線再開を待つ、熱い心は同じだった。


25歳の時のエッセイは、この本のページにはならなかった（出来なかった）。

でも、どうなんだろう。

ボツになったのを（まったく手を入れないでその時のまま）活字にする事はどうなんだろうと思ってしまう。


この業界の事（ルール等も）は、何ひとつ分からない。

でも、きちんとした1冊の本になるまで、プロの方が見てくださるとの事なので（草稿《そうこう》の今は、どんどん進めたいと思う）安心。

勇気を持って、ボツになった1枚をここに再現（まったく昨年に書いた時のままで）してみます。

オピニオン「ローカル線」

私が生まれ育った故郷は、自然豊かな越後三山只見国定公園にある小さな町。両親が健在の頃、小出町《こいでまち》と会津若松間の開通が決定した時、地元は祝賀ムードに溢れていた。

1日の本数は少ないものの、いろんな人達の大切な足となっていった。高校生の時、同級生も、この電車を利用して通学していたのを覚えている。しかし、11年前、新潟と福島を襲った豪雨で大きなダメージを受けてしまった。私は、完全復旧は難しいと思っていたが、地元の人達の熱意と努力は遂《つい》に実を結んだ。

多くの人達が、もう一度只見線を利用して楽しい、秋の思い出を作って欲しいと思います。

(※少し補足します。小出町と書きましたが、現在は、合併《がっぺい》して魚沼市となっています。JR只見線において、小出駅で、変わっていません)

このJR只見線の事は、テレビ等でも思った以上に取り上げていたのにはびっくり。同年の（令和4年）の10月14日（金曜日）の朝刊にも、写真が載っていた。

確かに山の中、川の近く、写真にとっての最高のスポットもあるとの事。

この年は鉄道150年の年という事もあったと思う。

日付は不明だが、BS3NHKBSプレミアムで夜の8時45分から10時まで「新日本風土記　絶景只見線11年目の再会▽奥会津」という切り抜きが残っている。見ていると思う。

この出来事は、一つの小さな町にとっても、そして、自分の生まれ育った故郷《ふるさと》を遠くの地から思う人達にとっても最高のニュースとなったと思う。

もう一つ大きなニュースだったのが、第94回選抜高校野球大会。なんと県立只見高校が、あの甲子園でプレーする事に決まった時は本当にびっくり。

小さな学校だし、冬は雪、グラウンドは使用出来ない。

残っている新聞（一部分の切り抜き）には、出場校中最少の選手13人との事。

高校野球も（今、WBCの日本代表のニュースやオープン戦の報道が華《はな》やか。2月

25日）自分は詳《くわ》しくない。でも、高校野球は見てしまう。どうしたら、あんなに全力で自分（達）の力を出せるのか、いつも、胸が熱くなる。この子供達がいる限り、日本の未来は明るいとさえ思ってしまう。

このセンバツには「21世紀枠」があり、只見高校はそれに選ばれた様だ。

相手は「大垣日大（岐阜）」。

私は当日（かなりの人達が応援に行ったとの事だった）テレビで観《み》ていた。真剣なプレーの中にも、大舞台《おおぶたい》を心から楽しんでる様にも感じられた。13人の子供達にとって、最高の思い出・人生のプレゼントになったと思う。

野球に限らず、いろんな分野で、年齢に関係なくその道を極《きわ》める人達がいる。仕事も同じだと思う。星の数程の中から、自分がやりたい、やらなくてはならない仕事はきっとあると思う。

最高裁で「死刑」が確定していても、再審を求める（救済すべき人）人もいる。

その一つの命、そして一人の人間としての尊厳《そんげん》を守る為に、自分の人生を、その弁護活動に捧《ささ》げている崇高《すうこう》な先生も多い。

完全な、終息《しゅうそく》を願うコロナ禍。

この3年間、医療の現場の医師・看護師の方々の壮絶《そうぜつ》な戦いは、言葉では表現しきれない。

女性として、1人の人間として、ジャーナリストとして他国で散った、1つの魂。

24時間、365日。

日本を守ってくださる海上保安庁の職員。そして、なんと言っても、陸海空の自衛官1人1人の熱い思い。

一番身近な警察と消防の方々の仕事。

日本の国も、いろんな人達の勤勉な生き方があるからこそ、日々の安寧《あんねい》が保《たも》たれていると思う。

何も、出来ない自分だけれど、感謝の気持ちを忘れず、日々生きていきたいと思う。

後書き

いろんな、方々の協力で、小さな1冊（私にとっては一番の宝物）が出来ました。

これを、足掛《あしが》かりとして、いろいろ書いてみたいと思います。

私は、3歳の時、麻疹《はしか》と風疹《ふうしん》と何かもう1つを貰い、骨と皮だけになってしまったとの事です（母の話）。

小学生になっても、紫斑病《しはんびょう》で入院もしています。でも中学でテニス、高校に入って同級生との山岳会の立《た》ち上《あ》げと、人並の体力になれました。

失敗の多い人生でしたが、残された時間を大切にして、一日、一日、少しでも恩返しの生き方が出来ればと思っています。

そして、その中から自分なりに楽しさを見つけたいとも思っております。

いろいろとありがとうございました。

令和5年3月吉日（自宅の離《はな》れにて）

著者プロフィール

ヤマカワ ユウ

1959年生まれ
福島県出身
茨城県在住
40年前に東京生活で縁が出来た家内と２人で、
先祖代々の田畑を守っている。

おじいちゃんの軽トラ

2023年11月15日　初版第１刷発行

著　者　ヤマカワ ユウ
発行者　瓜谷 綱延
発行所　株式会社文芸社
〒160-0022　東京都新宿区新宿１－10－１
電話　03-5369-3060（代表）
03-5369-2299（販売）

印刷所　株式会社平河工業社

ISBN978-4-286-24447-1